Melanie T. Shetty

NUR DER KAFFEE
HÖRT MEIN SEUFZEN …

Roman

… inspiriert von
„Ich arbeite in einem Irrenhaus"
von Martin Wehrle

2013

2. Ausgabe

©2020 Melanie Shetty

Selfpublishing

Herstellung und Verlag: BoD – Books on Demand, Norderstedt
ISBN: 978-3-7519-0461-2

Kapitel 1

„Mama! Mama!"

„Ich komme gleich! Ich trinke nur noch meinen Kaffee aus!"

Kann mich nicht einmal jemand in Ruhe lassen? Ständig werde ich gerufen, ständig werde ich gestört. Dabei will ich doch einfach nur hier in Ruhe meinen Kaffee trinken.

„Mama!"

„JA!", schreie ich genervt.

„Mama, komm, ich will jetzt etwas spielen", sagt Louisa fröhlich.

„Na gut, ich komm ja schon", sage ich letztendlich.

Mich versteht ja eh keiner. Jeden Tag muss ich mich mit der Kleinen beschäftigen, so tun, als interessiere mich dieser Krimskrams. Und nachher kommt auch noch meine Schwester wieder. Bin ja mal gespannt, was ich mir dieses Mal anhören darf.

„Können wir uns Centopia noch einmal anhören?", werde ich schon wieder gefragt.

„Ja, mach mal an, aber nur bis zum Mittagessen", sage ich ihr.

Immer dieselbe Hörkassette. Anscheinend gefällt ihr diese Figur ‚Mia' so sehr, ein 12-jähriges Mädchen, deren Eltern nach einem Unfall als vermisst gelten. Das Mädchen muss daraufhin ins Internat und alles, was ihr von den Eltern geblieben ist, sind ein Armband und ein altes Buch über Einhörner in einem Land namens Centopia …

Na immerhin, dann muss ich mich nicht um sie kümmern. Dann kann ich jetzt endlich die Sonntagszeitung lesen.

„Mara! Kannst du mir kurz etwas aus dem Keller holen?", ruft mein Mann aus der Küche.

Herr Gott noch mal! Können mich nicht alle einfach mal zufriedenlassen? Ständig muss ich etwas im Haus machen!

„Ja, ich komm gleich", antworte ich.

Nachdem ich den Topf aus dem Keller geholt habe, setzte ich mich wieder auf die Couch.

„Hallo", rufen uns meine Schwester Fiona und ihr Mann Gianluca zu, als sie eintreten.

Na super, das hat mir ja gerade noch gefehlt. Jeden Sonntag muss ich mir etwas anhören …! Diese gemeinsamen Essen sind zwar nett, schließlich habe ich nur diese eine Schwester, aber ich wäre froh, ich hätte eine Woche meine Ruhe von ihr.

Punkt 13 Uhr sitzen wir alle brav am Tisch und mein Mann bringt das Essen aus der Küche.

„Und? Hast du den Job bekommen?", fragt meine Schwester plötzlich.

„Ich weiß es noch nicht. Warum fragst du denn?", antworte ich ihr.

„Na nur so."

„Und Louisa, wie läuft es in der Schule?", bohrt sie weiter.

„Gut", antwortet meine Kleine kurz. „Mama, kann ich noch ein paar Spätzle haben?"

„Ähm, meinst du nicht, dass ein Teller genug ist?", sagt meine Schwester, bevor ich überhaupt Ja oder Nein sagen kann.

„Das ist doch nicht deine Entscheidung! Sie ist noch im Wachstum, und später wird sie nicht mehr so viel essen!", kontere ich.

Mensch, was weiß denn die schon von Kindern. Gar nichts! Sie hat ja nicht mal welche. Und ich, ich verbringe seit 7 Jahren jeden Tag mit ihr! Also bitte! Da hat sie doch nichts zu urteilen, wann es genug ist und wann nicht? Stille. Gott sei Dank. Schnell alles aufessen, ein bisschen Smalltalk und dann gehen sie wieder nach Hause. Es ist doch schön, wenigstens Sonntagnachmittags etwas Ruhe zu haben.

Wir wohnen im 5. Stock eines Hochhauses hier in Pforzheim. Es ist okay, da man hier um die Ecke alles hat. Einkaufsmöglichkeiten, die Schule, alles.

Vollgefuttert legen wir, Louisa und ich, uns auf unser Sofa und suchen uns eine DVD zum Anschauen aus. Mmhhh … schwere Wahl. Gut, dass wir so viele dahaben. Ja, das mag ich gerne, DVDs und Bücher kaufen!

Abschalten kann ich trotzdem nicht. Da läuft „Shreck", auf dem Bildschirm, aber ich muss immer noch an meine Jobsituation denken. Heutzutage ist es gar nicht mehr so einfach, eine Stelle zu finden. Letzte Woche Mittwoch hatte ich ein Vorstellungsgespräch in einer Firma in Karlsruhe. Na ja, vielleicht sollte ich mir kurz eine Zigarette gönnen, dann geht's mir gleich besser.

„Louisa, ich geh nur kurz auf den Balkon nach den Blumen schauen, okay?", schwindele ich, denn das ich rauche, dass will sie ja nicht.

Das tut so gut. Ah! Aber wenn das wieder mein Mann wüsste, er würde gleich schimpfen. Aber hey, bin ich mit 28 Jahren nicht alt genug, dass selbst zu entscheiden?

Warum meinen alle, alles besser wissen zu müssen? Da heißt es, *rauch nicht, du hast ein Kind.* Oder, *du bist doch alt genug, du weißt doch, wie schädlich es ist.* Ja, ja, ja! Ist doch gut!

So! Noch schnell etwas Parfum versprühen, damit das Rauchen nicht auffällt, und zurück geht's auf die Couch. Oder doch noch einen Kaffee? Aber nein, den gibt's ja später wieder zusammen mit meinem Mann, Sigfried.

„Mama, was hast du gemacht?", fragt mich gleich Louisa, als ich zurück ins Zimmer komme.

„Ach nichts, habe nur geschaut, ob die Blumen schon blühen!", sage ich ihr.

Manchmal frage ich mich, wie es wohl wäre, wenn ich nicht so früh geheiratet und ein Kind bekommen hätte. Ob Sigi oder Louisa mir fehlen würden? Ja. So ist es. Im Nachhinein fragt man sich doch viel zu oft, was wäre wenn. Wäre ich glücklicher ohne die beiden? Würde ich einfacher einen Job als Kinderlose bekommen?

Kapitel 2

Rrrriiiiinng! Rrriiiiinnnngg! RRRRriiiiinnnngggg!

Oh nein, mein Alarm! Schon wieder. Ah! Aber die Kleine muss nun mal zur Schule. Immerhin muss ich Sie nicht fahren.

„Louisa, komm, aufstehen!"

„Oh nein, ich will nicht!", jammert sie.

„Na auf, komm schon", sage ich ihr.

Müde schlabbern wir runter in das Wohnzimmer. Wie immer sitzt mein Mann schon am Frühstückstisch und wartet auf uns. Das macht er immer, steht um 5 Uhr auf, bereitet das Frühstück vor und weckt uns alle. Und Kleider für unsre Kleine hat er auch schon vorbereitet, super! Dann kann ich ja jetzt gemütlich meinen Kaffee trinken.

„Sag mal, Mara, hast du schon mit der Firma gesprochen?", fängt mein Mann an zu reden.

„Ich muss noch anrufen", gebe ich als Antwort.

„Aber vergesse es nicht, in Ordnung?", erinnert er mich.

„Du weißt doch, es ist immer besser nachzufragen und somit Interesse zu zeigen", sagt Sigfried, und schmiert Louisa ein Brot für die Schule.

„Ja, der neue Job ist ja erst ab dem 01.06. Das dauert ja noch ein wenig!", sage ich ihm, und schlürfe an meinem Kaffee.

„Ist gut, wollte dich ja nur noch mal daran erinnern. Ich glaube, wir sollten uns mit dem Frühstück etwas beeilen, damit ich Louisa noch zur Schule fahren kann, bevor ich arbeiten gehe."

Oh, stimmt. Das habe ich vergessen.

„Machen wir!", erwidere ich. „Louisa, ess mal bisschen schneller und zieh dich dann an!"

„Okay!", und grinsend mampft sie ihr Nutella Brot.

Sigfried arbeitet als Außendienst Mitarbeiter in einer Automobilfirma. Ein guter Job. Jedoch ist er auch wenig zu Hause. Mehr auf der Straße oder mal in einer anderen Stadt, als bei uns zu Hause. Immerhin haben wir so ausgesorgt und genügend Geld für unsere Wohnung, Auto und einmal im Jahr einen Urlaub.

7:40 Uhr. Noch zehn Minuten, dann müssen wir Louisa zur Schule bringen. Dann kann ich nachher wieder mein neues Buch weiterlesen! Apropos, ich könnte ja mal wieder im Onlineshop nach Disney-DVDs stöbern! „Schnecke, auf, zieh dich an! Gleich müssen wir losfahren!", ich versuche, Louisa etwas unter Druck zu setzten. „Mara, kämm ihr noch die Haare bevor sie in die Schule geht!", sagt mir mein Mann.

Oh, und schon wieder! Ja ja ja, mein Gott. Gestern haben wir ihr abends einen Zopf geflochten, als wenn das jetzt heute so schlimm aussehen würde. Später wird es ja eh in der Schule wieder verkuddelt aussehen.

„Ja Schatz", hoffentlich sagt er jetzt nichts mehr. Das ihm so etwas aber auch auffallen muss?

„Können wir jetzt endlich los!", sagt Sigi etwas lauter.

„Auf Louisa, kommt jetzt!", rufe ich ihr zu, und hebe ihre Jacke vom Boden auf.

Was für ein Chaos würde so mancher denken, aber nein. Läuft doch alles nach Plan. Und fünf Minuten hin oder her spielt doch keine Rolle.

„Fertig Mama!", und zwar nicht gekämmt, aber schön angezogen steigt sie brav in Daddys Auto.

„Hör mal, wenn du nachher nach Hause läufst, dann trödle nicht wieder so viel, ja?", sage ich Louisa und gebe ihr noch einen Kuss.

„Hab verstanden Mama! Bis später!", und weg sind sie.

Ah wie toll. Erst noch einen Kaffee, bevor ich mir mein Buch schnapp. Eigentlich verrückt, wie viele Bücher ich schon im Regal liegen habe. Muss mal schauen, dass wir ein neues Regal kaufen. Kann ich ja ins Treppenhaus stellen.

„Mara, räumst du nachher noch die Wohnung etwas auf?", fragt mich mein Mann, als er wieder zurückkommt und ich mir gerade frisch Kaffee einschenke.

„Ja, irgendwann", sage ich.

Ich weiß gar nicht, was die immer alle haben. Als ob es bei uns so schlimm aussieht. Es muss doch nicht überall so pingelig sauber sein, wie zum Beispiel bei meiner Schwester. Die hat ja auch einen kleinen Tick. Muss ständig alles aufräumen, putzen, saubermachen. Ach, das brauch ich nicht.

Wir fühlen uns so wohl, wie es ist. Und bisher hat sich auch keiner meiner Freunde beklagt, dass es nicht ordentlich bei uns wäre.

Mein Mann gibt mir einen Kuss, schnappt sich seine Aktentasche und düst weiter.

So, wo ist denn nur mein Buch? Ach hier. Toll! Mit dem 18.Jahrhundert ist das so eine Sache. Aber ich liebe es einfach! Und es packt mich immer wieder! Als echter Histo-Krimi-Fan kann ich euch natürlich Tom Wolfs Reihe über Preußen im 18.Jh. empfehlen, auch für Nicht Kriminalisten sehr interessant. Meine Schwester würde jetzt wieder jammern, und sagen, dass es nicht real sei! Aber von wegen, es ist sehr authentisch und mit Gespür für das Leben in der damaligen Zeit geschrieben. Eine völlig andere Sicht auf die Szenerie kriegt man allerdings, wenn man mal Zuchardts "Spießrutenlauf", liest.

Oh, schon knapp 10 Uhr? Was habe ich euch gesagt, dieses Buch packt einen einfach! Gut, dass diese Bücher immer so dicke Dinger sind!

„Hallo? Bin ich da richtig bei Kaiser?", ruft jemand an.

„Wieso?", frage ich.

„Sie haben sich doch bei uns beworben. Wir würden Sie gerne zu einem zweiten Gespräch einladen", sagt er. Oh wow, ich kann es gar nicht fassen! Sigi wird sich so freuen!

„Ja ich komme gerne, gleich heute!", sage ich ihm.

Raus bei dem Wetter? Ach nein, eigentlich keine Lust. Da würde ich sogar lieber kochen. Aber wenn es um einen Job geht?

„Wann soll ich da sein?", frage ich, und versuche, mein Desinteresse zu unterdrücken.

„Sie können um 11 Uhr kommen", sagt der Personalreferent.

Tja, als hätte ich nichts Besseres zu tun. Aber gut, dann schmeiße ich mich in Schale und hoffe, dass der Bus pünktlich kommt. Schließlich will ich ja noch mein Buch zu Ende lesen und kann dies während der Busfahrt machen!

In Niefern angekommen stehe ich nervös vor der Firma. Kaufmännische Sachbearbeiterin in einer Einkaufsabteilung für Elektroartikel. Hmm. Kann ich mir das wirklich vorstellen?

Nach nur einer halben Stunde Gespräch habe ich meinen Vertrag in der Hand. Ich muss die wirklich überzeugt haben. Toll. Und alles klang so vielversprechend! Schon in 14 Tagen geht es los. Aber erst mal rasch mit dem Bus zurück nach Hause! Oh, schon so spät?!

„Ja, ich weiß, Mittagessen!", sage ich mir leise, steige aus dem Bus und schnell laufe ich zu unserer Wohnung. Louisa müsste auch gleichkommen. Na ja, je nachdem, wie lange Sie für das nach Hause laufen eben braucht.

Was würde ich nur ohne sie machen. Mein ein-und-alles. Keiner braucht mich so sehr, wie sie. Keiner liebt mich so sehr, wie sie. Und keiner versteht mich so sehr, wie sie.

Aber was ist das hier eigentlich? Ich schaue in Ihr Zimmer, und sehe Ihre Barbies total mit irgendetwas Dunklem verschmiert. Was hat sie denn da gemacht? Oh nein,

Nutella! Da wollte sie sicher Friseur spielen und den Barbies mal die Haare färben … au weija! Sie kann grad froh sein, dass sie nicht da ist, sonst hätte sie wohl eine Standpauke erhalten.

Einfach nur wild, die Kleine.

Kapitel 3

„Hast du alles?", fragt Sigi.

„Ja Schatz!", sage ich ganz aufgeregt. Mensch, die zwei Wochen gingen so schnell rum, und jetzt habe ich meinen ersten Arbeitstag!

„Mama, holst du mich dann von der Schule ab?", fragt mich Louisa mit großen Augen.

„Kleines, ich weiß noch nicht, wie lange ich arbeiten muss. Bleib in der Kernzeit, solange bis Papa oder ich dich holen, ja?"

Sicherlich auch nicht einfach für Sie. Jetzt war ich so viele Monate wieder zu Hause. Und nun? Aber sie wird sich schon dran gewöhnen, da bin ich mir sicher. Die Kinder in der Kernzeit werden von zwei Müttern betreut und zusammen werden die Schulaufgaben erledigt. Ich finde es nicht schlecht, gerade für Berufstätige. Und es ist hier in Pforzheim noch umsonst.

„So ihr zwei, jetzt muss ich aber los! Sigi, gute Fahrt und wir telefonieren dann später, ja?", ich gebe den zwei noch einen Kuss und renne zur Bushaltestelle.

Uff. Ob mich die Kollegen akzeptieren werden? Und wie es wohl so ist. Ich meine, beim Vorstellungsgespräch wirkte Herr Spörrle super nett.

„Guten Tag Frau Kaiser, wie geht es Ihnen heute?", begrüßt mich Herr Spörrle, als ich zu meinem neuen Arbeitsplatz laufe.

Gott sei Dank ist dieses Gebäude nicht all zu groß. „Gut, vielen Dank der Nachfrage, und selbst?", antworte ich verlegen.

„Gut, bestens. Diese Woche sitzen Sie bei mir im Büro. Ich weise Sie in die Thematik ein", erwidert mein neuer Chef.

„Alles klar, ich freue mich", sage ich ihm.

Hier bin ich also. Im dritten Stock dieser Firma. Hinter mir sitzt seine Sekretärin, Frau Winter. Sie wirkt nett. Groß, ca. 30 Jahre jung mit blonden langen Haaren. Mein Arbeitstag entpuppt sich als gar nicht so stressig. Als erstes Thema habe ich die Erstellung der Bedarfsanforderung in unserem Warenwirtschaftssystem bekommen. Kein großes Hexenwerk. Ich habe meinen eigenen Schreibtisch, zwei PCs und mein Telefon. Ein Geschäftshandy werde ich wohl auch noch bekommen. Aber ich finde es schön. Wenn es dann so weit ist, werde ich mit Herrn Fritsch und Herrn Müller im Büro sitzen. Was genau ich noch alles machen werde, oder machen werden muss, das erfahre ich sicher im Laufe der nächsten Tage. „Ach Frau Kaiser, ich zeige Ihnen noch kurz unsere Teeküche!", ruft mir Frau Winter zu.

„Gerne!", und ich laufe ihr hinterher.

„In jedem Stockwerk gibt so eine Küche", fängt sie an zu erklären.

Wirklich Regeln scheint es hier nicht zu geben. Im Kühlschrank stehen nur massenhaft Packungen Milch, sonst nichts. Und die Kaffeemaschine wird wohl auch nicht wirklich gepflegt.

„Kann ich denn meine Sachen in den Kühlschrank stellen?", frage ich.

„Natürlich!", sagt sie und lächelt freundlich, „Hier oben haben Sie dann noch Gläser und Tassen. Einfach nach Gebrauch alles in die Geschirrspülmaschine stellen."

„Alles klar, danke!", sage ich und nicke ihr freundlich zu.

Mit dem Chef und der Sekretärin im Nacken zu arbeiten ist gar nicht so einfach, es ist ein komisches Gefühl. Man fühlt sich beobachtet. Und jedes Mal, wenn mein Name gerufen wird, erschrecke ich.

Die Büros sind nicht gerade modern eingerichtet. Teppichboden, dunkle Möbel, und schlechte Beleuchtung. Aber hey, immerhin habe ich die Möglichkeit bekommen, hier zu arbeiten.

„Wenn Sie morgen kurz Zeit haben, zeige ich Ihnen noch etwas am Computer", sagte Frau Winter und meinte, es wäre genug für den ersten Tag heute.

Bereits um 17 Uhr durfte ich nach Hause, ich war echt erstaunt. Als ich ihn fragte, meinte Herr Spörrle nur „Mir ist es egal, wann Sie nach Hause gehen, solange Sie Ihre Arbeit machen."

Als ich zu Hause ankomme, sitzen Louisa und Sigfried schon am Tisch.

„Mama! Endlich!", kreischt die Kleine, als ich zur Türe hineinkomme.

„Wie war es mein Schatz?", fragt mich Sigi.

„Du, eigentlich ganz gut. Herr Spörrle ist super nett. Bis jetzt kann ich mich nicht beklagen!", antworte ich uns setze mich an den Esstisch.

„Das freut mich, wirklich. Fiona hat auch schon angerufen, sie wollte unbedingt wissen, wie es bei dir lief!", sagt mein Mann und reicht mir einen Teller mit Kartoffelsuppe.

Ach ja, meine kleine Schwester Fiona. Muss ihr nachher eine SMS schicken. Manchmal wäre ich froh, wenn meine Eltern noch leben würden. Gerade solche Momente würde ich so gerne mit ihnen teilen.

Damals war ich gerade mal 21 Jahre alt, frisch verheiratet und schwanger. Fiona war 18 Jahre alt und machte ihr Abitur. Meine Eltern wollten einfach nur mal ausspannen und ein Wochenende in den Bergen genießen. Leider meinte ein betrunkener Jugendlicher, er müsste verkehrt auf die Autobahn fahren. So wurde die Rückfahrt meiner Eltern zum Albtraum. Ich verstehe es bis heute nicht, dass sie nicht mehr hier sind. Nun sind sieben Jahre vergangen, aber sie fehlen mir so sehr.

„… liest du mir nachher noch etwas vor?", fragt Louisa.

„Was?", ich bin total in meinen Gedanken versunken, oh je.

„Können wir nachher noch etwas zusammenlesen Mama?", fragt die Kleine erneuet.

„Schatz, lass nur, ich mach das", sagt Sigi und geht mit Louisa in ihr Kinderzimmer.

Ich schaue ihn an, und lächle nur.

Ich bin so froh, dass ich ihn habe. Natürlich gibt es hin und wieder schwierige Zeiten, wo ich zweifle. Aber er hat mir so viel geholfen, in all den Jahren. Und er war immer für mich da, wenn ich am liebsten alles hingeschmissen hätte. Morgen ein neuer Tag. Hoffentlich genauso entspannt wie heute.

Kapitel 4

„Wer schreibt heute das Protokoll? Vielleicht Sie, Herr Müller", beginnt Herr Spörrle das Meeting.

Jeden Tag um 9 Uhr sitzen wir alle zusammen. Herr Spörrle, seine Sekretärin Frau Winter, Herr Müller (technischer Einkaufsleiter), Herr Fritsch (Einkäufer) und die zwei Werkstudentinnen Jule und Saskia.

„Wie sieht es mit Punkt drei aus? Herr Müller, konnten Sie dies bereits klären?", fragt mein Chef in strenger Stimme.

„Läuft", antwortet Herr Müller ganz kurz und bündig.

„Bei Punkt sieben, elektrische Antriebe, hier weisen Sie Frau Kaiser ein, in Ordnung Herr Fritsch?", sagt Herr Spörrle.

Und so gingen wir insgesamt 43 Punkte des Protokolls durch. Jeder bekam erneut seine „Deadline", und nach 1,5 Stunden ging es an die Arbeit.

Da ich diese Woche immer noch bei Herrn Spörrle sitze, und nicht an meinem eigentlichen Arbeitsplatz, werde ich ca. alle 15 Minuten in sein Büro gerufen.

„Schauen Sie, sehen Sie hier. Genau aus diesem Grund ist unsere Firma so wettbewerbsfähig", und er zeigt auf eine Excel-Tabelle mit Diagramm.

Ich muss zugeben, wirklich verstehen tue ich hiervon nichts. Ich meine, welche Frau kennt sich ernsthaft mit pneumatischen und elektrischen Antrieben aus? Oder einer maximalen Produktivität einer

Prozessautomatisierung? Und vor Allem kann ich mich hierfür nur schwer begeistern.

Fragen Sie mich etwas über Schuhe, ich antworte gerne. Aber das hier? Vielleicht ist es einfach so am Anfang. Ist doch verdammt viel Info, die einem da gegeben wird.

Nach der Einarbeitung der Bedarfsanforderungen geht es nun an die Bestellungen. Eigentlich gar nicht so wild. Ich habe zwar vorher nie mit SAP gearbeitet, aber es geht doch.

Oh je, nun ist mein Kopf voll mit Begriffen, die ich noch nicht wirklich zuordnen kann.

„Also als erstes müssen Sie sich hier einloggen", erklärt Herr Fritsch.

„Ich weiß gar nicht, ob ich schon Zugangsdaten habe?", erwidere ich ihm.

„Ich zeig Ihnen kurz den Vorgang, dann fragen Sie Frau Winter nach den Daten", sagt Herr Fritsch.

„Also. Hier wählen Sie den Lieferanten aus, dann geben Sie immer denselben Buchungskreis an. Und dann können Sie schon die einzelnen Positionen eingeben. Genaueres kann ich Ihnen auch nicht sagen, da ich selbst erst seit November hier arbeite", und Herr Fritsch dreht sich um. Seltsam. Wenn er seit rund acht Monaten hier sitzt, und mir nichts 100% erklären kann, wer dann? Wie dem auch sei, ich habe alles sorgfältig notiert, damit ich mich an die Schritte halten kann.

Nach der fünften Bestellung benötige ich meine „Anleitung", schon gar nicht mehr. Aber es geht doch ganz leicht.

Gegen 17 Uhr schalte ich meinen PC ab, verabschiede mich und mache ich mich auf den Heimweg. Also wenn das jeden Tag so läuft, dann habe ich wirklich einen Glückstreffer gemacht.

Plötzlich vibriert mein Mobilgerät.

„Hallo?", sage ich.

„Hör mal, Schatz, ich stehe im Stau!", sagt mein Mann.

„Oh nein, ich dachte, du hättest Louisa längst abgeholt?", erschrocken schaue ich auf die Uhr. 17:07 Uhr. Mein Bus müsste jederzeit kommen, dann dauert es nur 10 oder 15 Minuten bis zur Schule.

„Kannst du sie holen oder ruf doch Fiona oder Gianluca an!", sagt mein Mann und legt schon auf.

Na toll. Konnte er mir das nicht früher sagen, dass er im Stau steckt? Dann hätte ich früher loskönnen. Die arme Kleine. Die Kernzeit ist um 17 Uhr vorbei. Ich hoffe, sie macht sich nicht allzu große Sorgen.

Aber das schaffe ich. Bis ich jetzt meine Schwester anrufe, sie losfährt, nein. Bis dahin bin ich selbst dort.

An der Schule angekommen sehe ich Louisa, mit ihren zwei Zöpfen, auf dem Schulhof sitzend. Den Kopf auf ihre Knie angelehnt.

„Mäuschen. Es tut mir so leid", sage ich mit schlechtem Gewissen.

„Ist okay Mama", sagt sie traurig.

„Ich verspreche dir, dass es nicht mehr vorkommt, okay?",
ich nehme sie an die Hand und zusammen laufen wir zu
unserer Wohnung.

Da Sigi immer noch nicht zu Hause ist, fange ich schon an,
etwas zu kochen. Meistens kocht er, da er es einfach besser
kann. Aber damit Louisa ihr Abendbrot bekommt, mache
ich Spagetti.

„Wie war es in der Schule?", rufe ich aus der Küche.

„Gut", sagt sie und starrt in den Fernseher.

„Hast du deine Hausaufgaben gemacht?", frage ich weiter.

„Ja Mama, alles in der Kernzeit erledigt", antwortet mir
Louisa.

Es klopft an der Türe, und mein Mann kommt herein.

Endlich.

„Papa", Louisa rennt auf ihn zu.

Schön, dass sich die beiden so liebhaben. Wobei er
manchmal ruhig strenger mit ihr sein könnte.

„Hast du schon etwas gegessen mein Kleines?", fragt er sie.

„Bin gleich fertig", rufe ich aus der Küche.

Und da sitzen wir, wie jeden Abend, gemeinsam am
Esstisch. Es wird gelacht, diskutiert, und dann geht die
Kleine auch schon schlafen.

Auf der Couch vor dem Fernseher sitzend, haben Sigi und
ich uns nicht viel zu sagen. Beide vertieft in den Gedanken
lassen wir den Abend mit einem Glas Wein ausklingen.

Kapitel 5

„Und, macht es Spaß?", fragt mich mein Kollege.

„Ja, es ist viel Neuland. Aber sonst passt es", sage ich. Sich in diese Thematik einzuarbeiten ist wirklich nicht einfach. Eigentlich sollte ich ja schon wissen, was ich da gerade bestelle. Andererseits, der Bedarf wird mir ja von meinem Kollegen Herr Müller gemeldet. Von dem her sollte es ja passen.

Ach her je … ich bin schon gespannt, wie das Meeting gleich wieder wird. Jeden Tag. Ich frag mich, ob das wirklich sein muss?

„Darf ich schon reinkommen?", frage ich um kurz vor 9 Uhr.

„Wenn Sie es nicht dürften, würde ich das schon sagen", antwortet Herr Spörrle.

Alle trödeln allmählich in das Büro und die Besprechung beginnt.

„Gibt es etwas Neues, dass wir besprechen sollten?", fragt unser Chef und schaut in die Runde.

„Wir sollten uns Gedanken über die geplante Ausschreibung machen", wirft Herr Müller ein.

„Geben Sie das Frau Kaiser, sie macht das schon", antwortet Herr Spörrle. „Okay", antworte ich und nicke.

„Wie sieht es mit der Rechnungsbearbeitung aus? Machen Sie das zusammen Herr Fritsch und Frau Kaiser?", fragt unser Chef.

„Ja, immer dienstags und donnerstags vormittags", erwidert Herr Fritsch.

„Gut, wenn sonst nichts ist, dann raus aus meinem Büro!", sagt Herr Spörrle und dreht sich zu seinem PC. Ausschreibung. Welche Ausschreibung? Ob ich das hinkriege? Es sind 4 Wochen vergangen, seit ich der Firma eingetreten bin. Viel Zeit für die Familie bleibt im Moment nicht. Meistens arbeite ich von 7 Uhr bis 18 oder 19 Uhr abends. Aber es ist leider so viel zu tun. Und für die Mittagspause bleibt auch keine Zeit. Lieber arbeite ich alles ab, damit ich beruhigt in den Feierabend gehen kann. Ja, ich weiß, mir wird diese 1 Stunde abgezogen, aber was soll ich denn machen? Immerhin bin ich noch in der Probezeit und will auch niemanden enttäuschen. Kaum sitze ich an meinem Arbeitsplatz, klingelt schon das Telefon.

Herr Spörrle bittet mich, in sein Büro zu kommen.

„Ja?", sage ich leise.

„Haben Sie die Unterlagen zu der Ausschreibung erhalten?", fragt er mich. „Nein, noch nicht", sage ich.

„Schauen Sie, dass Sie das Leistungsverzeichnis bis heute Mittag in das System eingetragen haben. Dann können Sie die Ausschreibung für 2 Wochen laufen lassen und vereinbaren dann die Verhandlungstermine mit den drei Besten. Verstanden?", erläutert er und wendet sich gleich wieder seinem PC zu.

Ich gehe aus dem Büro, setze mich und notiere alles, was er eben sagte.

„Frau Kaiser, hier sind die Unterlagen!", und Herr Müller reicht mich ein Bündel Dokumente.

„Okay, super, danke!", antworte ich.

So. Mit was fange ich nun an? Rechnungsbearbeitung? Oder die Ausschreibung? Oder erst mal ein Blick in mein E-Mail-Fach?

Ich entscheide mich für die Ausschreibung und beginne zu tippen.

„Pheno-Me-Nall: Der weltweit führende Anbieter von pneumatischer und elektrischer Automatisierungstechnik bietet für jede Anforderung die passende Lösung: Rund 10.000 Katalogprodukte, kundenspezifische Lösungen, einbaufertige Automatisierungssysteme und die passenden Serviceangebote."

Das Leistungsverzeichnis ist einfach einzugeben, hochgeladen – und voila! Nach knapp zwei Stunden bin ich fertig. Na ja, jetzt wäre es eigentlich auch schon Zeit für eine Pause. *Eigentlich.*

Ich entscheide mich dagegen und mache mit meiner täglichen Arbeit weiter. Besser so. Vielleicht schaffe ich es heute etwas früher aus dem Büro, Louisa würde sich freuen!

„Herr Spörrle", ich stehe um 16:45 Uhr an seiner Bürotüre, „ich würde jetzt nach Hause gehen."

„Nehmen Sie sich einen halben Tag frei, weil Sie jetzt schon gehen?", fragt er.

„Nein, aber ich möchte heute Abend gern etwas Zeit mit meiner Tochter verbringen", erwidere ich und gehe. Gott sei Dank habe ich es geschafft, den Bus zu nehmen. Man, das war wirklich knapp! Ich schaue auf mein Handy, und sehe, dass Sigi schon 4-mal angerufen hat. Und plötzlich klingelt es wieder.

„Hallo Schatz", sage ich.

„Ich habe dich schon ein paar Mal versucht zu erreichen! Ich schaffe es nicht rechtzeitig!", sagt er gestresst.

„Tolles Timing Schatz, ich bin schon auf dem Weg!", lächle ich und lege auf.

Vor der Schule stehend rennt mir Louisa entgegen und strahlt über beide Ohren. Schön, ehrlich. Sobald man in ihre strahlenden Augen sieht, ist alles vergessen. Wir schlendern nach Hause und Louisa guckt mich an, „Mama, aber wir fahren doch in Urlaub, oder?" „Maus, na klar, wie kommst du denn drauf, dass wir nicht gehen sollten?", sage ich ihr.

„Du bist so wenig zu Hause", widerspricht sie.

„Ich weiß, aber in Urlaub gehen wir auf alle Fälle. Noch vier Woche mein Schatz, noch vier Wochen", sage ich und drücke ihre Hand.

In der Wohnung angekommen trifft mich der Schlag. Okay, die Ordentlichste bin ich nicht, aber durch die Arbeit komme ich noch weniger dazu, meinen Haushalt zu erledigen. Erst einmal kochen!

Da Sigi Louisa nach dem Essen ins Bett brachte, blieb mir Zeit, mich um die Wäsche zu kümmern.

So viele Klamotten! Und die Handtücher muss ich auch noch waschen? Mache ich lieber am Samstag.

Ich schalte die Waschmaschine an, und mache mir einen Kaffee. Ja ja, abends soll man keinen Kaffee trinken, da man sonst nicht schlafen kann. Aber es tut so gut. Mit dem Kaffee setze ich mich auf dem Balkon. Diese fünf Minuten Ruhe – eine Zigarette und mein Kaffee … einfach toll. Erholsam, bevor der Alltag mich wieder packt.

Kapitel 6

Die Ausschreibung steht, fünf Firmen haben daran teilgenommen und nun ist es an der Zeit, die Besten zu Verhandlungsterminen einzuladen.

„Guten Morgen, hier ist Mara Kaiser. Haben Sie am Dienstag von 10-11 Uhr Zeit vorbeizukommen?", frage ich die erste Firma.

Die anderen zwei Termine finden am selben Tag statt, einen Tag später bereits die Vertragsvergabe.

„Herr Spörrle", ich klopfe an seiner Türe.

„Ja?", sagt er und schaut mich nicht einmal an.

„Ich habe alle Termine vereinbart", sage ich.

„Gut. Ich will, dass Sie alles noch erledigen, bevor Sie in Ihren Urlaub gehen, verstanden?", erläutert er.

„Natürlich", sage ich und gehe zurück an meinen Arbeitsplatz.

Mein Alltag besteht wirklich aus ein Haufen Bedarfsanforderungen, Bestellungen, Rechnungen und dann noch kleine „Extras", die Herr Spörrle immer „asap" (as soon as possible), möchte.

Da ich nicht wirklich viel verdiene, zumindest deutlich weniger als meine Kollegen, hat er mir zugesagt, ich würde nach meinem Urlaub mehr bekommen. Ich hoffe es sehr, wirklich.

Ich reiße mir ehrlich gesagt jeden Tag den Arsch auf. Tue alles nach meinem besten Gewissen, arbeite alles täglich ab, damit ja nichts liegen bleibt. Und klar, Geld ist auch eine große Motivation.

Ich mache mir einen Kaffee und mache mich an die Arbeit.

„Sollen wir eine rauchen gehen?", fragt mich Herr Müller.

„Mmhh, eigentlich habe ich nicht wirklich Zeit", sage ich.

„Ach, auf jetzt, gehen wir kurz um die Ecke!", und er lächelt mich freundlich an.

Im Raucherraum stehend erzählt mir Herr Müller, dass er nicht wirklich glücklich in der Firma ist. Es gab schon öfters Diskussionen mit Herrn Spörrle und er ist kurz davor, die Firma zu verlassen.

Im ersten Augenblick weiß ich gar nicht, was ich sagen soll? Ich bin schockiert. Dass Herr Spörrle nicht viel von unserem technischen Einkaufsleiter hält, dass merkt man. Aber das es schon eskaliert ist zwischen den beiden?

Herr Müller fährt fort, „wussten Sie eigentlich, dass Ihre Vorgängerin gefeuert wurde?"

„Nein, das wusste ich nicht. Mir wurde nur gesagt, dass Frau Festo im März das Unternehmen verlassen hatte", erwiderte ich.

„Ja, sie war zwei Jahre in der Abteilung, hat von morgens bis abends geschafft. Aber das, was sie nun zu zweit mit Herrn Fritsch machen. Irgendwann hat es zwischen Herr Spörrle und ihr gekracht. Also musste sie gehen", erklärt er mir.

Echt komisch, er ist so nett zu mir. Okay, nicht wirklich nett, aber nicht so, wie ihn alle beschreiben.

Was mir da erzählt wird, lässt mich nicht locker. Ich mache mir den ganzen Tag darüber Gedanken. Wie wird es wohl sein, wenn Herr Müller wirklich geht? Ich meine, er hat so eine Ahnung von all dem, was wir hier machen.

Wenn ich ihn etwas frage, weiß er sofort die Antwort. Absolut erstaunlich.

Da morgen die Gespräche stattfinden, bereite ich alle Unterlagen und mein Notebook vor. Ich hoffe, das klappt alles.

Pünktlich zu gehen habe ich nicht geschafft, aber Sigfried konnte Louisa abholen.

Zu Hause angekommen schaue ich Sigi an, und möchte ihm alles erzählen.

„Kannst du dir vorstellen, was ich heute erfahren habe?", beginne ich.

„Schatz, sei mir nicht böse, aber ich bin müde. Ich will jetzt nicht über dein Geschäft reden", sagt er mir und knippst den Fernseher an.

„Weißt du, ich sehe dich den ganzen Tag nicht, ich möchte dir das jetzt erzählen", sag ich etwas ernster.

„Übertreib doch jetzt bitte nicht so, und werde nicht laut, die Kleine schläft", sagt mein lieber Mann.

Übertreiben? Ich? Also bitte, was soll das denn jetzt? Kann mir niemand zuhören? Mit wem soll ich denn sonst reden? Ich schnappe mir meine Zigaretten und gehe auf den Balkon.

„Hey, alles okay?" Sigi steht plötzlich neben mir.

„Nichts ist okay. Ich arbeite so viel für so wenig Geld. Das ist doch nicht fair, oder?", sage ich genervt.

„Er hat dir doch gesagt, dass du nach deinem Urlaub danach fragen kannst." Er versucht mich, aufzumuntern.

„Ja schon, aber trotzdem. Wenn ich sehe, was Herr Fritsch leistet, und was ich mache. Manchmal frage ich mich, was macht er überhaupt? Das ganze Zeug stapelt sich auf seinem Tisch und dann findet er nichts mehr!", erzähle ich ihm.

Er schaut mich nur an, während ich an meiner Zigarette ziehe.

„Und weißt du, heute habe ich erfahren, dass meine Vorgängerin entlassen wurde und Herr Müller wird wohl auch bald die Firma verlassen", sage ich weiter. „Wer weiß, es wird sicherlich einen guten Grund für die Kündigung gegeben haben. Und was deinen Kollegen betrifft, vielleicht hat er einfach ein besseres Jobangebot in der Tasche? Mach dir jetzt nicht so viele Gedanken und komm rein, ja?", er küsst mich auf die Stirn und geht in das Wohnzimmer.

Ich rauche fertig und gehe in die Küche. Na super, das Geschirr konnte wohl auch keiner in die Maschine einräumen. Warum bleibt eigentlich alles an mir hängen? Und die Kleine? Ich schaue lieber nach, ob sie schon schläft.

Leise öffne ich die Türe und ja, der kleine Engel schläft. Gott sei Dank.

Nachdem ich die Küche saubergemacht habe, setze ich mich zu Sigi. Toll, der ist mittlerweile auf der Couch eingeschlafen.

Während ich mein Notebook anschalte, um mal wieder mit Freunden im Internet zu plaudern, höre ich plötzlich ein lautes „Mama!"

Oh nein, das darf doch jetzt nicht wahr sein! Kann sie nicht einfach ruhig schlafen?

„Louisa, was ist denn los?", ich gehe in ihr Zimmer.

„Mama!", sie weint nur.

„Komm, leg dich wieder hin, du hast bestimmt nur schlecht geträumt", und ich schalte eine Bibi-Blocksberg Kassette an.

„Kannst du nicht hierbleiben, bis ich eingeschlafen bin?", fragt sie mich.

„Okay, ich bleibe noch ein wenig", und ich setze mich an ihr Bett.

Nach zehn Minuten schläft sie und ich gehe zurück an meinen Computer.

Kapitel 7

„Fügen, Drehen, Greifen, Positionieren, Verbinden, Halten, Testen und Kontrollieren von diskreten Gütern: Für diese Automatisierungsaufgaben ist das Portfolio aus Produkten und Services von uns geschaffen", beginnt Herr Spörrle die Verhandlung mit Frau Ring-Eifel der Firma Herder.

Es ist das erste Meeting, ich komme nicht zu Wort und schreibe alles mit. Bei Verhandlungen habe ich bisher noch nicht teilgenommen. Ich bin sehr gespannt! Bei jedem Meeting versucht Herr Spörrle den Preis noch etwas zu drücken erwähnt aber immer, dass er eine „WinWin-Situation", wünscht.

Als letztes ist Herr Boltanski von der Firma Wester-aid bei uns. Es klingt vielversprechend, aber das schönste, er hat uns sogar Geschenke mitgebracht! Okay, es ist ein Bär mit Firmenlogo, aber es macht einen guten Eindruck.

Mein Chef beginnt mit demselben Satz, und schaut dann auf die abgegebenen Zahlen. Dass die Firma Wester-aid die Günstigste ist, erwähnt er nicht. Klar, er möchte, dass auch hier ein weiterer Rabatt möglich ist.

„... für perfekte Kommunikation in der Steuerungskette sorgen Sensoren, intelligente Kompaktkamerasysteme und Controller. Druckluftaufbereitung, Schläuche und Verschraubungen runden das Sortiment ab", erklärt Herr Boltanski.

„Das ist mir bewusst. Aber warum sollten wir gerade Ihre Produkte kaufen?", kontert mein Chef gekonnt. „Weil wir zudem noch einen guten Service leisten", sagt unser Gast und lächelt.

Nach einer weiteren Stunde ist auch dieser Termin vorbei. Puh, Gott sei Dank! Endlich geschafft.

Auf dem Weg vom Konferenzraum zum Büro ruft mich Herr Spörrle, „Frau Kaiser, ich möchte, dass Sie die Firma Herder morgen einladen. Bitten Sie jedoch alle Firmen noch mal ein letztes Angebot abzugeben, ja?"

„Mache ich gerne", sage ich ihm.

„Bis 16 Uhr will ich alles auf meinem Tisch liegen habe, verstanden?", und er läuft in sein Büro.

Gott sei Dank habe ich bald Urlaub, ich kann es kaum abwarten!

Ich schreibe den Damen und Herren, und bekomme relativ rasch eine Rückmeldung. Jetzt heißt es wieder, alle Zahlen und Daten in eine Excel-Liste eintippen, damit diese gegenübergestellt sind.

Bereits um 15:30 Uhr erhalte ich eine E-Mail von meinem Chef, >>Wo bleibt die Auswertung? <<

Hallo? Was denkt der, was ich gerademache? Rumsitzen und Däumchen drehen?!

>> Hallo Herr Spörrle, bin gerade dabei. Werde Ihnen den Preisspiegel sobald es geht zuschicken. <<

Herr Fritsch dreht sich zu mir: „Kann ich Ihnen irgendwie helfen?"

„Nein, danke. Ich muss einfach nur so schnell wie möglich alle neuen Zahlen eintippen", sage ich und versuche, mich zu konzentrieren.

Kurz nach vier schicke ich die Excel-Liste raus. „Sind Sie sich sicher?", fragt mich Herr Spörrle am Telefon.

„Ja, ich habe alle Daten eingegeben", sage ich.

„Wie kann es sein, dass die einen jetzt teurer sind als vorher, und Firma Wester-aid so günstig?", erkundigt er sich.

„Das weiß ich leider nicht", sage ich ihm.

„Holen Sie mir Frau Ring-Eifel ans Telefon!", sagt er verärgert.

Ich wähle die Nummer, und verfolge das Gespräch. Unglaublich, wie die beiden miteinander reden. Mir wäre es lieber gewesen, dies nicht mitzubekommen.

Trotz allem lade er sie für den nächsten Tag ein und bittet sie, erneut ein Angebot abzugeben.

Na toll, dies wird mich jetzt noch mehr Zeit kosten! Wieder heißt es warten, dann schnell die Daten eintippen, und hoffen, dass ich dann heimfahren darf.

Mein Apparat leuchtet auf, „Pheno-Me-Nall, Mara Kaiser, wie kann ich Ihnen helfen?"

„Hallo! Schatz! Wie geht's dir?", fragt mich Sigi. „Gut, danke, aber ich habe gerade keine Zeit! Kann ich dich später anrufen?"

„Ja, natürlich, ich wollte nur wissen, wann du heute nach Hause kommst", sagt mein Mann.

„Oh, das kann ich noch gar nicht sagen, ich ruf dich dann einfach an, okay?", und lege auf.

Gut, dass sich Sigi die Arbeit besser einteilen kann als ich. Okay, er ist auch in einer anderen Position, verdient auch mehr.

Nach dem Erhalt des überarbeitenden Angebots schicke ich die Daten an meinem Chef und schnappe mir meine Sachen.

„Bis morgen Chef", sage ich und beeile mich.

„Halt! Frau Kaiser! Ist denn für morgen alles bereit? Haben Sie alles ausgedruckt und den Text vorbereitet?", fragt mich Herr Spörrle.

„Ja, alles vorbereitet!", sage ich und renne die Treppen runter.

Na super, der Bus ist gerade weg! Das heißt, ich muss weitere zwanzig Minuten warten. Wenigstens bleibt mir so Zeit, für eine Zigarette.

An der Bushaltestelle wartend schreibe ich meiner Schwester Fiona, >>Hi Süße, lang nichts mehr gehört! <<
Und gleich kommt auch schon eine Antwort, >>Hi, na du meldest dich ja nie! <<

>> Ha ha, und sonst, wie geht's? << frage ich.

>> Danke, gut, und euch? Wie ist der Job? << schreibt Fiona.

So, was soll ich ihr jetzt bitte sagen? Die Wahrheit? Ich weiß selbst nicht, wie es ist. Manchmal gut, manchmal zu stressig.

>> Ach du, alles gut. << mehr will ich ihr gar nicht sagen.
Es reicht ja, dass sie ihre eigenen Sorgen hat.

Bald ist auch der Todestag unserer Eltern. Schon seltsam,
so viele Jahre! Ich muss Fiona und Gianluca öfters wieder
sonntags einladen. Das war so eine tolle Tradition meiner
Eltern. Egal, wie viel wir samstags gefeiert hatten, oder wie
alt wir waren – der Sonntag gehörte der Familie. Tja, jetzt
sehe ich die beiden zwar schon „oft", aber manchmal nicht
oft genug. Wenn sie da ist, hat meine Schwester zwar
immer etwas auszusetzen und meckert, aber was würde ich
ohne sie machen? Was sich liebt, das neckt sich eben.

Kapitel 8

Urlaub, endlich! Noch zwei Tage, dann heißt es *3 Wochen* Ruhe …! Ja, ich meine, dass ich überhaupt Urlaub in meiner Probezeit bekommen habe, ist schon toll. Andererseits, ich habe ein Kind – und Schulferien sind nun mal im August!

Wie immer saß ich punkt 7 Uhr (oder auch manchmal ein paar Minütchen später) an meinem Arbeitsplatz. Kaum hatte ich meinen PC hochgefahren, schellte auch schon das Telefon.

„Frau Kaiser, haben Sie den Termin mit Herrn Acker vereinbart?", sagte Herr Spörrle.

„Guten Morgen Herr Spörrle, ja, der Termin findet nächste Woche Montag statt", sagte ich ihm.

Mal ganz im Ernst, er braucht doch nur in seinem Kalender nachschauen, ob dieser Termin drinsteht, oder nicht? Da seine Sekretärin, Frau Winter, krank ist, sitze ich heute an ihrem Platz.

„Haben Sie sich den Termin nochmals bestätigen lassen? Per Briefpost, und nicht nur per Mail?!", sagte er streng.

„Herr Acker hat mir dies telefonisch bestätigt, Herr Spörrle", sagte ich ihm.

Was ist denn hier los? Ich meine, dass unsere Firma ziemlich streng mit diesem *4-Augen-Prinzip* handelt, das war mir mittlerweile bewusst. Aber einen Termin schriftlich, sogar per Post, bestätigen zu lassen?

Manchmal habe ich das Gefühl, mein Chef ist ein richtiger Kontroll-Freak. Man kann keinen Termin machen, keinen Cent ausgeben, keine Druckerpatrone wechseln, bevor dieser Vorgang nicht bei ihm auf dem Tisch lag, und er es abgezeichnet hat. Vertraut er uns kein bisschen? Wir sind doch alle geschulte Kaufleute, zum Teil studiert. Da kann ich doch wohl eine Rechnung zurückgehen lassen, wenn diese nicht korrekt ist – falsch. Immer zu werden wir angewiesen, alles zu *„reporten"*, und *„Feedback"*, zu geben.

Entweder – wie bereits gesagt, benötigt mein Chef die Absicherung, dass wir auch wirklich etwas tun, und die Dinge erledigen. Oder benötigt mein Vorgesetzter dies wiederum für seinen Chef um zu rechtfertigen, warum er uns eingestellt hat? Ich meine, mir wird hier seit knapp drei Monaten eingeprägt, mich bei allem abzusichern. Ein Arbeitsablauf einer Bestellung? Eine richtige Absicherungsbürokratie! Bekomme ich eine Bedarfsanforderung, tippe ich diese in unser System ein, und warte auf eine *„Freigabe"*. Wurde diese von meinem Chef genehmigt, darf ich in einem anderen System die Bestellung schreiben. Die Bestellung muss ich wiederum mit ausgedrucktem Mailwechsel, Gesprächsprotokolle, einem „Saving-Formular" (wie viel % wir bei diesem Anbieter einsparen) und vergleichbaren Angeboten in die Unterschriftsmappe legen. Erst, wenn alles komplett vorliegt, und ja nichts vergessen wurde, dann ist Herr Spörrle bereit, mit seiner Unterschrift das Geschäft freizugeben. ABER, das war ja noch nicht alles. Die

Bestellnummer wird in unser System zu der Bedarfsanforderung eingetippt, die Bestellung an sich in eine separate „Bestellübersicht", unser „Saving", in eine Saving-Liste, dann die Bestellung kopiert und eingescannt, die Kopie in ein Hängegerister und der Scan in unser SharePoint ... Ahhh! Habe ich etwas vergessen? Herr Fritsch kam auch kurz nach mir ins Büro. Beziehungsweise, ich sah ihn, den Gang entlanglaufen. Da Herr Spörrle erst gegen 8:30 Uhr kommen würde, dachte ich mir, ich gehe auf einen kurzen Plausch rüber.

„Guten Morgen Herr Fritsch, wie geht es Ihnen?", begrüßte ich ihn.

„Guten Morgen, ach, nicht so gut geschlafen", entgegnete er.

„Oh, wieso, was ist denn los?", fragte ich neugierig. „Ach, gestern Abend war ich noch bis 20 Uhr hier", sagte er.

„Was? Wieso das denn? War denn noch so viel zu tun?", ich war verblüfft.

„Ich wollte noch diesen einen Preisspiegel für Herrn Spörrle machen. Sonst heißt es nachher im Meeting wieder *,der Fritsch lässt die Sachen wieder monatelang auf seinem Schreibtisch liegen*'", erklärte er mir.

„Ja, aber wie viele Überstunden haben Sie jetzt? Sie dürfen doch nicht mehr als zehn Stunden notieren?", sagte ich ihm.

„Bis jetzt sind es 170 Stunden, und das, seit letztem Jahr November", und er schaltete erst einmal seinen PC an.

„Mal unter uns, aber durch diesen Papierkram in unserer Firma haben wir so die Hände voll zu tun, wir können uns gar nicht mit unseren Lieferanten befassen!" ich war etwas verärgert.

„So ist das halt – eine einzige Rechtfertigungsbürokratie. Kein bisschen Vertrauen in unsere Arbeit. Schon schlimm", sagte Herr Fritsch.

Er tat mir so leid, er sah so fertig aus. Und wenn ich nun drei Wochen nicht da bin, hat er ja noch mehr um die Ohren …!

„Aber das mit den Stunden verstehe ich auch nicht", ich fing ein neues Thema an.

„Ich meine, klar, wenn wir mehr als 10 Stunden aufschreiben, muss dies erst einmal genehmigt sein", sagte Herr Fritsch.

„Ja aber, wenn ich doch etwas fertigmachen soll, dann ist es doch eine Aufforderung, solange zu bleiben, bis es fertig ist. Dann kann man doch wiederrum nicht verlangen, dass ich die tatsächliche Arbeitszeit manipuliere?", und ich setzte mich neben ihn.

„Schon, nur ist es vom Gesetz nicht erlaubt. Wenn uns etwas nach diesen zehn Stunden passiert? Überlegen Sie sich diesmal. Andererseits haben Sie Recht, wir fälschen unsere Zeiterfassung ständig. Sobald wir keine Mittagspause machen, und länger bleiben, sind wir sofort über unserer Zeit", sagt er weiter.

„Tja, und danke sagt uns für die geleistete Arbeit keiner", sagte ich und wünschte ihm noch einen schönen ruhigen Donnerstag.

Ich machte meinem Chef einen Tee, weil er dies jeden Morgen wünscht, und fing mit der Rechnungsbearbeitung an. Dies ist genauso kompliziert und aufwändig, es dauert einfach viel zu lange, bis mal einer hier Geld bekommt …!

„Guten Morgen Frau Kaiser", stürmte mein Chef ins Büro.

„Guten Morgen", antwortete ich ihm.

„Holen Sie mir mal bitte Frau Winter ans Telefon?", sagte er.

„Aber Sie ist doch krank?", widersprach ich ihm.

„Solange sie nicht todkrank im Bett oder im Krankenhaus liegt, kann sie doch wohl ans Telefon gehen und von zu Hause ausarbeiten!", rief er.

Also gut, dann wähle ich eben ihre Nummer. Man, ich komm mir so blöd vor! Wenn man krank ist, ist man krank!

„Herr Spörrle, nur die Mailbox, tut mir leid!", sagte ich ihm.

„Dann schreiben Sie ihr eine E-Mail!", sagte er wieder.

„Mache ich gleich!", und ich schrieb ihr, sie solle sich bei Gelegenheit melden.

Oh bin ich froh, wenn morgen schon Freitag ist. Freitags ist unser Chef nie da. Wir sind dann alle super entspannt, und können wenigstens an einem Tag der Woche pünktlich oder früher nach Hause gehen!

Der Tag ging schnell rum, und schwupps-di-wups war es 17:30 Uhr - Zeit zu gehen!

„Hallo, ich bin jetzt da!", rief ich im Flur.

„Wir sind im Wohnzimmer", rief Sigi zurück.

„Okay", ich zog meine Schuhe aus und ging zu ihnen.

„Mama schau mal!", sagte Louisa, „den hat mir Papa mitgebracht!"

„Sigi, ernsthaft?", sagte ich.

Auf dem Wohnzimmerboden hoppelte ein kleiner, wuscheliger, weißer Hase. Ja richtig, ein Hase. Lebendig!

„Meinst du nicht, dass wir das zusammen hätten besprechen sollen?", fragte ich Sigi.

Louisa schaute hoch, und wirkte plötzlich ganz traurig.

„Heißt das, ich darf Hugo nicht behalten?" und sie rannte in ihr Zimmer.

„Na toll, musste das jetzt sein Mara?" Sigi schnappte sich den kleinen Hasen, und ging zu Louisa ins Zimmer.

Ein Haustier, das hat uns doch gerade noch gefehlt. Und dann hüpft der hier auch noch durchs Wohnzimmer! Was sollen wir denn mit einem Tier?! Und wenn wir in den Urlaub fahren, darüber hat wohl niemand nachgedacht.

Ich war so platt von der Arbeit, und jetzt auch noch das. Aber heulend will ich mein Kind auch nicht sehen. „Kann ich reinkommen?", fragte ich und ging in das Zimmer.

Beide saßen Sie auf den Boden, und zwischen drin der kleine Hugo.

Kapitel 9

„Hast du alles?", rief Sigfried aus dem Schlafzimmer.

„Ja ich denke schon, wir können los!", antwortete ich.

„Hast du den Nachbarn wegen Hugo Bescheid gegeben?",
erkundigte sich Sigi.

„Ja!", rief ich.

„Mama, wie lange fahren wir?", fragte Louisa. „Hmm …
bis nach Warnemünde sind es gute acht
Stunden oder so", und ich packte sie an der Hand.

„Na dann, los geht's!", sagte Sigi und gab mir einen Kuss.
Ich freue mich schon, drei Wochen frei! Und so oft sehen
wir Sigis Familie auch nicht. Ist einfach zu weit weg.
Wohnen tuen wir die drei Wochen aber in einer
Ferienwohnung, ist wohl besser. So vermeidet man Streit,
denke ich zumindest.

„Hab ich dir eigentlich erzählt, dass Herr Müller gekündigt
hat?", sagte ich während der Autofahrt.

„Nein, hast du nicht erwähnt." Antwortete mein Mann.

„Ja. Schon komisch, wenn ich wieder zurückkomme, ist er
nur noch ein oder zwei Wochen da", erzählte ich ihm. „Hat
er denn schon einen neuen Job?", fragte Sigi weiter. „Gott
sei Dank, und viel besser bezahlt, sogar mit Firmenwagen.
Ich freue mich richtig für ihn. Ich meine, er verstand sich
sowieso nicht so gut mit unserem Chef", und ich schaltete
das Radio leise an.

„Ist dein Chef wirklich so schlimm?", und Sigi lachte. „Ich
kann noch nicht viele sagen, so lange bin ich ja noch nicht

in der Firma. Aber man merkte in den morgendlichen Meetings schon, dass er Herr Müller nicht so gern leiden mag wie manch anderen", ich schaute ihn an. „Mama, wie sieht dein Chef aus?", fragte mich Louisa. „Hmm … Er ist nicht gerade groß, hat schwarze kurze Haare und ist spindeldürr!", ich lachte.

„Achso", und sie schaute weiter in ihr Buch.

„Manchmal komm ich mir vor wie in einem Theater, wirklich", ich lachte weiter.

„Ach Schatz, ich glaube, heutzutage ist es überall gleich", sagte Sigi.

„Meinst du wirklich? Herr Müller hat mir erzählt, dass meine Vorgängerin unter der Arbeit wortwörtlich zusammenbrach. Es war einfach viel zu viel unter einem zu hohen Druck. Sie hinterließ einen Arbeitsstau, der schätzungsweise 100 Kilometer lang ist!", erläuterte ich ihm.

„Und dein Vorgesetzter? Meinst du, du hättest dich für diese Firma entschieden, wenn er dir das offen und ehrlich im Vorstellungsgespräch gesagt hätte?", mein Mann schaute mich an.

„Ich weiß es nicht. Aber andererseits, wer sagt dir schon ehrlich beim ersten Gespräch, was Sache ist?", sagte ich und schaute kurz nach hinten, wo Louisa immer noch mit ihren Büchern beschäftigt war.

„Keiner. Beide Seiten wollen sich ja von ihrer besten Seite präsentieren", antwortete Sigi nüchtern.

„Oh shit, ich habe ganz vergessen, Fiona noch vor der Abfahrt anzurufen!", und ich wählte ihre Nummer.

„Hallo?", antwortete meine Schwester.

„Hi, sorry, hab es total vergessen, euch noch kurz anzurufen!", sagte ich.

„Kein Problem. Soll ich bei euch dann ab und zu in die Wohnung schauen?", fragte sie mich.

„Das wäre toll, ja!", erwiderte ich.

„Alles klar, wird gemacht. Und sonst, alles okay?", erkundigte sie sich.

„Ja klar, wie immer halt, und bei euch?", entgegnete ich ihr.

„Auch, danke. Gianlucas Mutter feiert am 13.August Ihren 60. Geburtstag. Ansonsten gibt es nichts Neues", und wir einigten uns, dass ich anrufen würde, sobald wir ankommen würden.

Nach drei Stunden Fahrt machten wir eine Pause kurz vor Kassel. Erstaunlich, wie gut der Verkehr heute vorangeht. Da haben wir ja richtig Glück!

Nach einem kurzen Snack und der üblichen „Pipi-Pause", ging es weiter. Diesmal fuhr ich, damit sich Sigi etwas ausruhen konnte.

Ja, okay, ich gebe zu, so gern fahre ich kein Auto, aber die Strecke ist einfach zu weit! Ich meine, von Pforzheim sind das gute 830 km!

„Alles klar Schatz?", fragte Sigi mich.

„Natürlich!", und ich fuhr zurück auf die A7.

Die nächsten zwei Stunden fragte uns Louisa gefühlte 1.000-mal, wie lange es noch dauern würde! Mein Gott, haben Kinder denn nie Geduld? Ich weiß schon, warum wir so selten da hochfahren! Aber Flugtickets für drei Personen – das ist auch nicht gerade günstig!

„Maus, bald sind wir da!", sage ich ihr ständig und hoffe leise, dass sie bald einschläft und Ruhe gibt.

Kurz vor Hamburg machten wir einen zweiten Stopp. Es war wirklich an der Zeit für eine Zigarette und einen Kaffee.

Nach knapp 8 Stunden kamen wir in Warnemünde an, es war bereits 17 Uhr.

Nun hieß es drei Wochen entspannen – und hoffentlich viel Sonne und den Strand von Warnemünde genießen!

Kapitel 10

Die Zeit verging viel zu schnell, wirklich! Ich bin heilfroh, dass Louisa die meiste Zeit bei meinen Schwiegereltern verbrachte. Nicht, dass ich mein Kind loswerden will oder so, um Gottes willen! Aber ein bisschen Ruhe ab und zu – doch, dass tat uns ganz gut.

Sigi, Louisa und ich schliefen jeden Tag bis 8 Uhr, genossen ein gemeinsames Frühstück und dann brachten wir die Kleine zu meiner Schwiegermama.

So konnten mein Mann und ich den Tag gemütlich angehen. Etwas am Strand spazieren, faul in der Sonne rumliegen, gemütlich Mittagessen, und um 15 Uhr holten wir die Kleine wieder ab, um etwas Gemeinsames zu unternehmen.

Aber nun hieß es wieder zurück in die Goldstadt, zurück zum ganz normalen Büroalltag.

Manchmal würde ich viel lieber hier oben wohnen, so am Wasser. Und man gewöhnt sich auch sehr schnell daran, die Kleine einfach zu den Schwiegereltern abgeben zu können. In Pforzheim habe ich aber meine Schwester, und die kann und will ich doch nicht alleine lassen.

„Fährst du oder ich?", fragte ich Sigi am Auto.

„Mir egal. Hast du auch alles eingepackt?", fragte er.

„Ach, und selbst wenn, dann bringen es deine Eltern das nächste Mal einfach mit!", und ich setzte mich auf den Beifahrersitz.

Zurück ging es nicht so gut voran, wie bei der Hinfahrt. Leider. Aber da wir gleich früh morgens losfuhren, hatte ich am Abend noch genügend Zeit, die Koffer auszupacken, und alles in die Maschine reinzuhauen. Zumindest war dies mein Plan!

„So! Die erste Ladung Wäsche wäscht", verkündigte ich und setzte mich vor den Fernseher.

„Mama, darf ich heute noch etwas länger wach bleiben und mit Hugo spielen?", fragte Louisa.

„Ausnahmsweise, aber auch nur bis 20:30 Uhr, okay?", und ich knuddelte sie erst mal.

„Schatz, dein Handy klingelt", rief Sigi aus dem Schlafzimmer.

Oh, das habe ich in der Tasche vergessen! Und ich lief ins Schlafzimmer. Shit, zu spät, Anruf verpasst. Es war meine Schwester.

„Fiona, wie kann ich dir helfen!", ich rief sie zurück.

„Wollte nur mal hören, ob ihr gut angekommen seid und wie denn der Urlaub so war!", sagte sie.

„Du, es war super toll, total entspannend und bei euch?", antwortete ich ihr.

„Auch gut, bis auf die Arbeit", und sie klang etwas deprimiert.

„Was? Aber du warst doch immer so glücklich?", sagte ich ihr.

„Ja schon, aber die haben nun viel geändert. Unser toller Dental-Weltkonzern meinte die letzten Wochen über, den Rotstift zu zücken!", sagte sie.

„Ein Sparprogramm? Aber der Firma geht es doch so gut", sagte ich.

„Ja, eigentlich, aber eine Gruppe junger Unternehmensberater hat unsrer Konzernzentrale dieses Sparprogramm empfohlen", erklärte sie.

„Echt irre. Und an welchen Stellen wird jetzt gespart? Sicher nicht beim Vorstand, oder?", plauderte ich. „Ach wo, da wirst du nie draufkommen!", und sie fing an zu lachen.

Na so was, ich frage mich, wer denn von Sparvorschlägen etwas hat? Die normalen Mitarbeiter? Das neue Produkt? Oder der, der da ganz oben hockt und wahrscheinlich einen höheren Bonus für so eine tolle Idee bekommt?

„Keine Ahnung, im Büromaterial?", schlug ich vor. „Nein, schlimmer, in der Bewirtung!", sagte meine Schwester.

„Verstehe ich nicht so ganz, wie meinst du das?", fragte ich nach.

Sie lachte, und fuhr fort: „Diese Herren sagten der Konzernleitung, sie würden verschiedene Bereiche streichen und damit eine hohe Prozentzahl an Kosten nach unten zaubern. Dies würde unsere tolle Firma dann konkurrenzfähiger machen!"

„Das heißt ihr dürft euren Kunden keine Getränke mehr anbieten?", fragte ich verblüfft.

„So ähnlich. Vorher konnten wir einfach einen Bewirtungsbeleg ausfüllen, Getränke, Obst und Kekse für die Besprechungen bestellen. Egal ob intern oder extern. Nun ist es so, dass bei kurzen oder internen

Besprechungen nichts mehr geliefert wird. Wir dürfen erst Mineralwasser oder Kaffee bestellen, wenn die Besprechung länger als drei Stunden dauert", legte ich ihr klar.

„Und das entscheiden die gerade jetzt im Sommer? Gibt's ja nicht! Das heißt, wenn dein Gast stundenweise schon zu euch fahren musste, dann ein zweistündiges Gespräch hat, darfst du ihm nicht mal ein Getränk anbieten?", hinterfragte ich.

„Richtig! Toll ne? Und wie hieß es früher immer, *,der Kunde ist König'*? Wenn die so weitermachen, gehen die Leute wo anders hin, aber nicht zu uns!", sagte Fiona. „Na vor allem, du musst dir überlegen, dass die Gäste das ja von euch bisher gewohnt waren. Was sollen die jetzt denn denken? Das macht doch die Firma nicht konkurrenzfähiger, sondern im Gegenteil!", sagte ich und schüttelte den Kopf. Ich dachte immer, es würde nur bei uns in der Firma so merkwürdig vorgehen, aber scheint wohl eine Art „*Krankheit*", in der Business Welt geworden zu sein.

„So ist es leider. Na ja, will dich aber nicht mit dem Kram nerven, du bist sicher kaputt von der Fahrt!", sagte meine kleine Schwester.

„Ach wo denkst du hin. Du nervst doch nicht! Ich bin nur schockiert, ehrlich. Das geht mir nicht aus dem Kopf. Vor allem, was muss das für ein Bild sein? Da hast du vielleicht einen wichtigen Kunden vor dir sitzen, der Geld in die Firma investieren will und er bekommt nicht mal ein

Erfrischungsgetränk bei 30°C Außentemperatur?", ich fing an zu lachen.

Ist eigentlich gar keine lustige Situation, aber schon wieder so blöd, dass es lustig ist!

„Könnt ihr nicht mit der Geschäftsleitung sprechen?", empfahl ich.

„Mara, glaubst du echt, die würden sich eingestehen, dass Ihr Konzept gescheitert ist?", und sie klang ganz ernst.

„Ich weiß ja nicht, aber das kann doch nicht gutgehen. Na ja, echt komisch. Die hätten das Sparschwein wo anders einsetzten können, da bin ich mir sicher. Nun gut, du, wir telefonieren wieder, ja?", sagte ich.

„Klar, kein Stress, ruht euch heute noch aus. Bleibt es bei nächsten Sonntag?", und meine Schwester beendete das Telefonat.

Ich war echt verblüfft. Mir ging das nicht aus dem Kopf. Im Wohnzimmer saßen Sigi und Louisa kuschelnd auf der Couch und schauten fern. Die Waschmaschine lief auch noch, also machte ich mir einen Kaffee. Es geht doch nichts über einen leckeren Kaffee – und wer mich kennt, eine Zigarette. Habe ich mir doch auch verdient, so eine lange Fahrt und hier ist natürlich auch wieder viel liegengeblieben. Warum muss heute auch schon Sonntag sein? Ach ne, echt. Wer macht denn dann den Rest der Wäsche? Und die Wohnung müsste auch geputzt werden? Egal, verschieb ich auf nächste Woche. Und bügeln tu ich eh nicht, lohnt sich gar nicht, verknickt doch eh nur, wenn man sich ins Auto setzt! Richtig?

Kapitel 11

Die verrückte Firma hat mich wieder. Wortwörtlich. Und ich glaub echt, mich tritt ein Pferd! Was soll denn bitte dieser Stapel auf meinem Schreibtisch? Und wo sind Herr Fritsch und Herr Müller?

Ich ging zu Frau Winter ins Büro und fragte sie erst einmal, was ich denn bitte mit dem Stapel machen solle?! „Hat Ihnen denn Herr Fritsch keine Email hierzu geschrieben?", fragte sie mich.

„Nein, ich hatte zwar 356 Emails in meinem Account, aber nichts über all diese Dokumente", sagte ich ihr.

„Und ich habe ihm extra gesagt, bevor er in den Urlaub geht, soll er Ihnen sagen, was zu tun ist", und sie wandte sich ihrem PC zu.

„Er kommt diese Woche gar nicht? Und Herr Müller?", ich war verblüfft. Konnte mir das niemand sagen? „Herr Fritsch ist Mittwoch da, und Herr Müller baut seine Überstunden ab", antwortete die nette Sekretärin. Klasse, tolle Organisation, ne? Was ist das für ein Übergang, beziehungsweise, was für eine Übergabe?

Ich wälzte mich durch all die Emails und entdeckte ein paar unfreundliche Emails meines Chefs. Was war denn hier los?

Punkt 9 Uhr fand unser Meeting statt. Dadurch, dass Herr Fritsch und Herr Müller nicht da waren, waren wir recht wenige. Jedoch war Herr Brinker mit dabei. Habe ihn bisher nur ein paar Mal auf dem Flur gesehen.

„Herr Brinker übernimmt die Aufgaben von Herrn Müller, bis wir jemanden Neues eingestellt haben", erklärte Herr Spörrle.

Na super, ob das klappen wird? Und vor allem, wer wird der Nächste sein?

„Frau Kaiser, Sie bleiben nach dem Meeting noch kurz hier", deutete mein Chef an.

Bestimmt will er wissen, wie es im Urlaub war, oder vielleiht kann er mir etwas zu dem Stapel auf meinem Tisch sagen?

„Herr Spörrle, Sie wollten mich sprechen?", sagte ich leise.

„Ja, hören Sie, oder besser, setzten Sie sich", fing er an.

„Okay", sagte ich und setzte mich an seine Besprechungsecke.

„In den letzten Wochen ist mir so einiges aufgefallen. Da ist zwar Quantität da, aber keine Qualität. Sie müssen gewissenhafter arbeiten", sagte er.

Wow, das war wie ein Schlag ins Gesicht, wie kommt er auf so etwas?

„Herr Spörrle, tut mir leid, aber wie meinen Sie das?", ich versuchte, ihn zu verstehen.

„Ihre Leistung ist zwar quantitativ gut, aber nicht qualitativ. Das muss noch perfekter werden. Bevor Sie diese Woche irgendetwas bearbeiten, oder eine E-Mail verschicken, zeigen Sie mir alles", und er bat mich, an meinen Arbeitsplatz zurückzugehen.

Ich war geschockt! Zudem weiß ich ganz genau, dass meine Arbeitsweise sehr wohl gewissenhaft ist und ich alles gebe, wirklich alles! Nicht nur 100%, sondern 200%! Ich war echt böse. Schade, dass Herr Müller nicht da ist, sonst wäre ich erst einmal eine mit ihm rauchen gegangen. Ich legte den Papierstapel auf Herr Fritsch's Tisch und arbeitete meine alltäglichen Aufgaben und offenen Emails und To-Do's ab.

Schlagartig poppte eine E-Mail auf >>Bitte lassen Sie uns dieses Dosier samt einem Foto bis zum 25.09. wieder zukommen<< Absender Frau Winter.

Aha, für was wollen die das denn bitte? Ich öffnete das Word-Dokument, und man wollte wissen, wie ich heiße, wie alt ich bin, welche Funktion ich in dieser Firma habe und welche Ausbildungen ich genoss.

Ob das für den neuen Mitarbeiter sein soll? Anscheinend ist hier schon einer gefunden, der am 01. Oktober anfangen wird. Aber wer es ist, dass verrät noch keiner.

Ich wählte die Nummer meines Mannes, „Sigi?" „Ja, was ist denn? Ich bin gerade unterwegs!", sagte er hektisch.

„Du, ich weiß nicht, wann ich heute rauskomme und ob ich es schaffe, Louisa von der Kernzeit abzuholen", begründete ich ihm.

„Lass es mich bis spätestens 16:30 Uhr wissen, okay? Muss auflegen, ich liebe dich", und bevor ich ihm antworten konnte, hatte er schon aufgelegt.

Oh Mann, wo soll ich nur anfangen? Mir kommt es vor, als hätte man hier im Büro drei Wochen nichts gearbeitet, so viel ist liegengeblieben!

Als ich kurz zu Herrn Spörrle bezüglich des ‚Stapels an Papieren' wollte, war er nicht am Platz.

„Er ist in einem Meeting", sagte mir seine Sekretärin. „Na toll, der ist auch nie am Platz, oder?", sagte ich genervt.

Wenn mir niemand sagen kann, ob das bereits bearbeitete Bedarfsanforderungen sind, oder noch offene, oder was für Verträge – sorry, aber dann kann ich auch schlecht arbeiten.

Und zu meinem Chef, sorry, aber der ist wirklich mehr in Besprechungen als tatsächlich an seinem Platz! Da kann die Tür noch so breit offen sein, aber wenn er nicht da ist? Er ist ja der Ansicht, dass all die Meetings helfen, die Probleme aus der Welt zu schaffen. Herrn Müller und Herrn Fritsch spannt er hier auch ziemlich ein. Die Einzige, die an ihrem Platz sitzt und effektiv arbeitet, das bin ich.

Jetzt mal ganz im Ernst, die Wahrscheinlichkeit, dass die Herren etwas in einem Meeting ändern, ist doch sehr gering! Ich schnappte mir eine Zigarette, und ging zum Raucherraum – mein persönliches Meeting! Ha! „Hallo Frau Kaiser, wie läuft es so?", fragte mich ein Kollege aus der IT-Abteilung.

„Ja, es geht so. Erster Tag nach dem Urlaub und mir kommt es so vor, als sei es etwas chaotisch die letzten Wochen gewesen", und ich zündete meine Zigarette an.

„Das kenne ich nur zu gut. Und Herr Spörrle, ist er im Büro? Ich muss ihn nachher noch etwas fragen!", sagte er.

„Nein, bei einem Meeting, wie immer", sagte ich launisch.

„Wenigstens redet man über das Problem", sagte der Kollege.

„Ja, aber ob das so viel bringt? Schließlich sitzen doch meistens zwei Parteien in der Besprechung und beide vertreten fest ihre Meinung. Zu einem Ziel kommen die vor lauter diskutieren erst gar nicht", sagte ich.

Der Kollege musste lachen, „das stimmt wohl!" Wenigstens hatte ich heute einen gefunden, mit dem ich neutral über die Abteilung und meinen Chef reden konnte, ohne, dass ich Angst haben muss, dass meine Lästerei verpfiffen wird.

„Ist doch oft so, dass es zwar gute Ideen gibt, aber vor lauter reden, dann doch nichts getan wird, beziehungsweise das Neue zu gewagt ist", und ich schaute ihn an. „Kann es sein, dass Sie heute etwas gereizt sind?", fragte er mich.

„Ach, ich glaube, damit hat es gar nichts zu tun. Obwohl, mich nerven schon ein paar Sachen. Da kommt man nach drei Wochen wieder, eigentlich super entspannt, und dann wird man mit dem Satz begrüßt, dass ich nicht qualitativ arbeiten würde!", sagte ich.

„Oh, das ist natürlich ein harter Schlag", sagte er.

„Richtig, und Fragen beantworten kann mir ja auch keiner. All die Meetings verzögern doch nur unseren Ablauf, und all die anderen Verantwortlichen sind nicht mal am Platz, um meinen nächsten Arbeitsschritt absegnen zu können", und fertig war meine Zigarette und auch mein Jammer-Päuschen.

„Frohes Schaffen", damit verabschiedete sich der IT Kollege.

„Danke, dass wünsch ich Ihnen auch!", sagte ich und ging zurück an meinem Platz.

Da ich ja nicht wirklich arbeiten konnte, verließ ich das Büro um 16:30 Uhr. Mein Chef war bis dahin immer noch nicht von seinen Sitzungen zurückgekehrt. Und da er mich diese Woche dazu verdonnerte, ihm vorher alles vorzulegen, war meine Arbeit auf stillstand gelegt. Toll, ne? Und ich bin mir sicher, dass Herr Spörrle seine Tat auch noch für einen Geniestreich hält ...!

Kapitel 12

„Was stinkt hier denn so?", fragte Sigi, als er aus dem Bad kam.

„Na ich nehme mal an, Hugos Stall müsste gereinigt werden", und ich zog meine Jacke an.

„Und wann hast du vor, das endlich zu machen?", er schaute mich mit großen Augen an.

„Ich bin jetzt erst einmal weg, sorry, ich muss los. Vielleicht schaff ich es am Wochenende", und ich küsste ihn auf dem Mund.

Louisa stand nur daneben und grinste frech.

Es war Mittwoch, und endlich konnte mir hoffentlich Herr Fritsch sagen, was dieser Stapel auf meinem Tisch zu bedeuten hatte.

„Guten Morgen", sagte er verschlafen, als er in das Büro kam.

„Guten Morgen Herr Fritsch, wie waren Ihre freien Tage?", fragte ich höflich.

„Viel zu kurz", sagte er.

„Na ja, aber Sie arbeiten ja nur heute, dann haben Sie wieder zwei Tage frei, plus Wochenende!", ich versuchte, ihn aufzumuntern.

„Ja das stimmt", sagte er und schaltete seinen PC an.

„Sagen Sie mal, was hat es eigentlich mit diesem Stapel auf sich?", fragte ich.

„Ach, das sind alles Dinge, die noch erledigt werden müssen. Hat Ihnen Herr Müller auf den Platz gelegt", sagte er und drehte sich wieder weg.

Na super, hat hier denn die letzten Wochen kein Mensch gearbeitet? Oder, macht der andre nur sein „eigenes Ding", und kümmert sich nicht um die Sparte, die ich sonst bearbeite?

Ganz ehrlich, ich war baff. Ich ging zur Teeküche und machte mir einen Kaffee in einer ‚Gute Laune'- Tasse.

Vielleicht hilft es?

Tja, da heute schon Mittwoch ist, und mein Chef freitags nie da ist, heißt es wohl, ich muss mich heute und morgen ranhalten, um alles abzuarbeiten.

Aber mal unter uns, das ist doch nicht normal?!

Also begann ich, eine Bedarfsanforderung nach der anderen einzutippen. Ein paar der Vorgänge waren schon im System, diese waren zum Teil auch schon genehmigt, daher konnte ich hier die Bestellung schreiben.

„Herr Fritsch, weiß man denn schon, wer der neue technische Leiter sein wird?", fragte ich ihn.

„Keine Ahnung", antwortete er kurz.

Wenig später saßen wir wieder alle zusammen im Büro meines Bosses, um die tägliche Sitzung hinter uns zu bringen.

Ich sagte ihm, dass ich es nicht okay finde, einfach nur einen Stapel auf meinem Tisch vorzufinden. Immerhin hätte man einen kleinen Post-it oder so darauf machen können. Dann hätte ich dies gleich am Montag bearbeiten können.

Aber es kam keine Reaktion von unserem Her Spörrle.

Wie sollte es auch anders sein, nicht wahr?

Nach nur 15 Minuten ging ich zurück an meinem Arbeitsplatz und hämmerte eine Bestellung nach der anderen in SAP rein. Wahnsinn. Manchmal habe ich das Gefühl, es könnte alles viel einfacher und schneller gehen. Diese ganzen Prozesse dauern einfach viel zu lange! Denn dann fehlt ein Teil, und die Produktion kann wegen mir nicht weitermachen. Oder der Liefertermin an unseren Kunden verschiebt sich wegen mir! Ja, denn so ist es! Der Kollege aus der Produktion interessiert sich nicht, was bei uns hier im Büro abgeht, nein, ihn interessiert nur, dass er termingerecht die Teile zusammenkriegt und den Kunden beliefern kann.

Die Mittagspause über gingen alle in das Restaurant nebenan. Da wir nicht wirklich groß sind, haben wir keine eigene Kantine. Im Gebäude nebenan gibt es aber ein kleines Betriebsrestaurant, wo jeder hingehen kann. Ich muss sagen, ab & zu ist es ja okay, aber auf die Dauer? Zum einen sind es alles Fertigprodukte, zum anderen wiederholen sich die Gerichte alle drei bis vier Wochen. Da ich so viel zu tun habe, nutze ich die eine Stunde im Büro und arbeite durch. Da habe ich wenigstens meine Ruhe und muss niemanden zuhören …

Es klopfte an der Tür, und Herr Schick von der IT stand an meiner Tür.

„Na, alles klar?", fragte er.

Ich verdrehte die Augen und sagte: „Na ja, geht so!"

„Lust auf eine Zigarette?", und er grinste mich lieb an.

„Klar, gerne, ich mache hier nur diese eine Bestellung fertig, dann können wir gleich los!", und ich schnappte mir meine Zigaretten.

Im Raucherraum stehend, begann er wie immer einen kleinen Smalltalk über das Geschäft, „läuft es heute besser, da Herr Fritsch wieder da ist?"

„Herr Fritsch ist nur heute da, und besser, nein. Der tolle Stapel auf meinem Tisch – das muss ich alles heute und morgen erledigt haben, damit ich es morgen zur Unterschrift vorlegen kann!", sagte ich.

„Wieso ist es bei euch eigentlich so kompliziert?", erkundigte er sich.

„Ich weiß es nicht. Ist es denn in anderen Abteilungen anders?", sagte ich erstaunt.

„Ja natürlich. Bei uns ist es eine unkomplizierte Angelegenheit, ein Anruf beim Lieferanten, wenn etwas für den IT-Bereich benötigt wird", erklärte Herr Schick.

„Wow, ich bin baff. Und wir haben alle Hände voll zu tun, die Anforderungen des vorgeschriebenen Prozesses zu befriedigen!", schwatzte ich.

„Tja, aber soll ich Ihnen was sagen Frau Kaiser? Was passiert denn, wenn Ihre Abteilung nichts entscheiden darf?", horchte er mich aus.

„Na, ich denke, der Prozess einer Anschaffung dauert einfach länger, oder wird im schlimmsten Fall abgelehnt", vermutete ich.

„Nicht nur das, aber die Arbeitslust geht doch flöten und die ganzen Pläne hinken doch immer ein paar Schritte hinterher!", sagte er.

„Darüber habe ich gar nicht nachgedacht", sagte ich.

„Es gibt ja noch ein paar andere Abteilungen hier im Haus, die für andere Segmente einkaufen, und dort ist es nicht anders. Die Chefs da oben sollten sich mal im Klaren sein, dass jede verlorene Sekunde ein verlorenes Geschäft bedeutet. Wenn Sie nicht rechtzeitig bestellen, kann nicht rechtzeitig produziert und klar nicht pünktlich geliefert werden. So verlieren wir Kunden!", sagte Herr Schick.

„Ich gebe Ihnen vollkommen Recht. Und jeder verlorene Auftrag kann der erste Schritt zur Insolvenz sein", und fertig war unsere Raucherpause.

Ich ging zurück an die Arbeit und rief noch kurz meinen Mann an. Viel zu oft musste ich ihn in letzter Zeit bitten, Louisa abzuholen, weil ich es einfach nicht pünktlich schaffe. Aber immerhin steht bald der Freitag an, da haben wir dann einen ruhigen und relaxten Tag. „Frau Kaiser", Frau Winter rief mich per Telefon an, „Herr Spörrle möchte Sie kurz sehen!"

Ich ging rüber in sein Büro. Das hatte mich gerade noch gefehlt, ich habe heute so viel zu tun.

„Frau Kaiser, bitte machen Sie mir eine Aufstellung, welche Lieferanten den neuen CPX-CMAX liefern können!", sagte er streng, ohne mich anzugucken. „Mache ich. Bis wann benötigen Sie diese Information?", fragte ich an.

„Ich will es spätestens morgen früh auf meinem Tisch haben", sagte er.

„Okay", antwortete ich kurz und drehte mich um, um aus dem Büro zu gehen.

Ich überlegte kurz, ob ich denn nach mehr Gehalt fragen solle, denn dies wurde mir damals bei meiner Einstellung so versprochen.

„Ehm, Herr Spörrle, darf ich Sie noch kurz etwas fragen?", sagte ich etwas schüchtern.

„Immer doch, was gibt es?", antwortete er und tippte etwas in eine Excel-Liste ein.

„Sie haben mir damals beim Einstellungsgespräch gesagt, ich könnte in ein paar Monaten nach einer Gehaltserhöhung fragen", ich versuchte, nicht fordernd zu klingen. „Ja, machen Sie einen Termin mit meiner Sekretärin dafür aus!", antwortete er und schickte mich zurück an meinem Arbeitsplatz.

Es war 14 Uhr, daher schrieb ich Frau Winter, Sie möge bitte einen Termin nächste Woche auswählen. Und prompt bekam ich eine Einladung für den kommenden Montag, super!

Ich arbeitete den Großteil der Bedarfsanforderungen und Bestellungen ab. Bei den Bedarfsanforderungen hieß es nun wieder *,warten, bis diese freigegeben ist'*. Immerhin war mein Stapel geschrumpft.

Um 16:30 Uhr klingelte das Telefon, Frau Winter. „Frau Kaiser, es tut mir wirklich leid, aber Herr Spörrle bat mich, den Termin mit Ihnen abzusagen", sagte sie.

„Okay, und wann bekomme ich einen neuen Termin?", fragte ich hoffnungsvoll.

„Er meinte, dass es auf unbekannte Zeit verschoben wird, da es im Moment nicht notwendig sei", erläuterte sie.

Wow, wieder ein Schlag ins Gesicht. Und warum konnte er mir dies nicht persönlich ins Gesicht sagen?

Ich machte noch zwei Vorgänge und ging um 17:40 Uhr zum Bus.

Als ich nach Hause kam, setzte ich mich auf die Coach. Louisa rannte gleich zu mir und erzählte mir von der Schule, den neuen Aufgaben und ob ich ihr nicht etwas helfen könnte. Aber ich war zu müde, und zu schockiert. Wir aßen zusammen, schauten fern, und ich legte sie schlafen.

„Was ist denn los?", fragte mich Sigi.

„Ach nichts, nur wieder ein komischer Tag hinter mir", ich wollte ihm nicht zu viel sagen. Schließlich hat er selber viel zu tun und will sicherlich nicht nach einem anstrengenden Tag mit mir reden oder sich meine Jammerei anhören.

Kapitel 13

Heute stand das monatliche Abteilungsmeeting auf dem Plan. Mit dabei waren natürlich Herr Spörrle, Herr Fritsch, und noch Kollegen aus dem Vertrieb und der Produktion. So konnten wir uns alle austauschen, und schauen, wo der Schuh drückt.

Die drei Herren der Produktion beklagten sich gleich darüber, dass es viel zu lange dauere, bis etwas ankommt. Beziehungsweise, warum wir von einem Lieferanten überhaupt nichts mehr erhalten.

„Herr Fritsch, warum weiß ich davon nichts?", fragte er.

„Bei der Firma geht es um eine Zahlung, die sie anscheinend nicht erhalten haben, aber ich habe dies schon mit der Buchhaltung geklärt!", sagte er.

„Ja, aber warum muss ich von diesem Lieferstopp aus anderen Quellen und nicht von ihnen zwei erfahren?", er schaute mich und Herrn Fritsch böse an.

„Es handelt sich lediglich um 16,50€, ich weiß nicht, warum die uns gleich nichts mehr liefern wollen", sagte Herr Fritsch weiter.

Ganz ehrlich, ich wusste das gar nicht! Mir hatte davon niemand etwas nach meinem Urlaub gesagt.

„Jetzt hören Sie mir mal zu, wenn einer von Ihnen noch einen Fehler macht, dann fliegt er!", sagte Herr Spörrle verärgert.

Oh mein Gott, alle Gesichter waren wie versteinert. Jeder war über diese Aussage geschockt.

„Und was gibt es seitens des Vertriebs?", sagte er, um das Meeting weiter fortzuführen.

„Hier haben wir ähnliche Probleme. Wir verlieren langsam die Aufträge, wenn wir nicht rechtzeitig liefern können!", sagte Herr Schneider.

„Dann müssen Sie sich vielleicht mehr bemühen, und andere Konditionen aushandeln", sagte unser Boss nüchtern.

Tja, er muss ja auch nicht zu den Kunden fahren, und diese vertrösten.

„Können wir nicht einfach die Fristen einhalten? Gerade im Bereich von Silencer U und Silcencer extension UOMS?", fragte nun auch Herr Schneiders Kollege.

„Papperlapapp!", sagte Herr Spörrle, „Wir richten uns nicht nach unseren Kunden, die sollen sich nach uns richten!"

„Herr Spörrle, verstehen Sie mich nicht falsch, aber das können Sie doch nicht verlangen?", fragte Herr Schneider.

„Ich gebe Herrn Schneider Recht", sagte der Kollege aus der Produktion.

„Meine Herren, es ist, wie es ist", sagte er.

„Und wenn man den Prozess doch etwas einfacher macht? Können wir nicht vorab per Email oder Telefon bestellen?", fragte er Fritsch mutig.

„Nein, wir halten uns an die Vorschriften, oder haben Sie vergessen, welcher Prozess an Ihrem Schrank hängt?", klagte er.

„Nein, natürlich nicht", schüttelte Herr Fritsch den Kopf. Das Meeting dauerte bis zur Mittagspause. Ich sagte kein einziges Wort. Ich saß einfach nur wie versteinert da. Auf den Weg zurück ins Büro stand ich plötzlich alleine mit Herrn Spörrle im Aufzug.

„Haben Sie das eben wirklich ernst gemeint?", fragte ich.

„Was meinen Sie?", sagte er erstaunt.

„Na, dass Sie mich und Herrn Fritsch kündigen wollen, wenn es nicht so läuft", sagte ich.

„Wenn Sie Fehler machen, dann bleibt mir ja keine andere Wahl. Schließlich habe ich eine Verantwortung gegenüber der Firma!", begründete er.

Ich bin nun seit vier Monaten hier, dachte, so etwas könnte mir nicht passieren, und nun höre ich das?

„Was meinen Sie denn, wie es mit Ihrer Vorgängerin war?", er schaute mich an, und fuhr fort, „Irgendwann blickte Sie nicht mehr durch und es herrschte ein reines Chaos, ich hatte keine andere Wahl. Schließlich muss ich meine Entscheidungen ja auch meinem Boss gegenüber vertreten können."

Ich wollte gar nichts mehr sagen, und Gott sei Dank öffnete sich auch schon der Aufzug. Ich ging an meinen Arbeitsplatz, während die anderen wieder gemeinsam zum Essen gingen. Es ging mir nicht aus den Kopf. Sobald alle bei Tisch waren, schnappte ich mir meine Zigaretten und mein Handy und ging um die Ecke.

„Hallo Sigi, wie geht's dir?", schrieb ich per SMS.

„Gut, Schatz, und dir?", sagte er.

„Gut, alles gut", ich wusste nicht, ob ich ihm es sagen sollte oder nicht. Ich war so perplex.

„Hast du schon etwas gegessen?", fragte er ganz lieb.

„Nein, noch nicht, und du?", tippte ich.

„Bin gerade in der Kantine mit meinen Kollegen", schrieb er zurück.

„Okay, dann bis später, ich liebe dich", und ich ging zurück.

Ich war nicht wirklich bei der Arbeit, also vom Kopf her. Mir schwierte dieser Satz ständig in den Gedanken … Es war die letzte Woche von Herrn Müller. Wahnsinn, wie schnell die Zeit vergeht. Offiziell ist Donnerstag sein letzter Tag, aber er ladet uns alle am Freitag zum Frühstück ein. Finde ich total lieb. Er ist total in Ordnung, und nun kann ich ihn auch besser verstehen, warum er PhenoMe-Nall verlässt. Ich denke, wenn ich etwas Anderes finden würde, würde ich auch gehen. Wobei ich mir ja so vorgenommen hatte, mindestens ein Jahr in dieser Position zu arbeiten. Aber nun? Nach dem heutigen Tag?

Als die Herrschaften wieder vom Essen zurückkamen, ging ich noch eine mit Herrn Müller rauchen. Er durfte ja nicht mehr beim Meeting dabei sein, da es seine letzte Woche ist. Ich erzählte ihm, was Herr Spörrle da vor allen sagte.

Und Herr Müller war einfach nur baff, und erzählte mir „Wissen Sie Frau Kaiser, letztes Jahr hat es zwischen mir und Herrn Spörrle das erste Mal gekracht." „Ja? Wieso?", fragte ich.

„Wieso kann ich ihnen nicht sagen, ich glaube einfach, er konnte mich von Anfang an nicht ausstehen", sagte er. „Aber er hat Sie doch eingestellt?", ich war mal wieder überrascht.

„Tja, wohl oder übel. Ich weiß es nicht, aber ich habe schon gemerkt, dass er mich anders behandelt. Egal. Auf jeden Fall stand er eines Tages so nah vor mir und meinte nur ‚*ich mache Sie fertig, bis Sie kündigen*‘ und an einem anderen Tag warnte er mich mit dem Satz ‚*entweder Sie kündigen oder ich schmeiße Sie raus!*‘", Herr Müller zog an seiner Zigarette.

Es schien ihm nun nichts mehr auszumachen, darüber zu reden. Ich beneidete ihn. Er hat nun einen besseren Job, bessere Bezahlung und einen Geschäftswagen.

„Ich bin mal gespannt, wie lange ich das hier aushalte", und ich fing an zu lachen. Was Anderes blieb mir in dem Augenblick gar nicht übrig.

Zwei Tage später, am Donnerstag, lud Herr Spörrle uns alle um 10 Uhr in sein Büro ein, da er etwas Wichtiges mitzuteilen hätte.

Wir sind alle davon ausgegangen, dass er sich von Herrn Müller verabschieden möchte. Sogar die Kollegen aus dem Vertrieb und der Produktion waren eingeladen. „Wissen Sie, warum Sie alle hier sind?", sagte er zu uns, rund 15 Mann.

„Wegen der Verabschiedung von Herrn Müller?", fragte Jule, die Studentin.

„Nein, jemand hat sich beim Betriebsrat beschwert!", sagte er.

Wir guckten uns nur alle verblüfft an.

„Wenn ich das herausfinde, wird es arbeitsgerichtliche Konsequenzen haben, das sage ich Ihnen!", und er erklärte, dass wohl jemand aus dem Team zum Betriebsrat gegangen sei und sich beschwert habe, dass wir so viel arbeiten, aber nicht alle Stunden notieren dürfen. Er wollte wohl damit erreichen, dass sich einer oder der Betroffene in der ganzen Runde bemerkbar macht. So ein Schwachsinn, ehrlich. Für was ist denn der Betriebsrat da? Und nun wird einem gedroht, dass wir nicht mehr zum Betriebsrat dürfen?

Wer es war, wusste ich nicht. Aber das mit den Stunden, da hatte derjenige auch Recht. Wir dürfen nicht mehr als zehn Stunden notieren, dürfen aber auch unsere Stunden nicht manipulieren. Also was nun? Und wie oft kommt es vor, dass wir Dinge ‚*heute noch*' fertigmachen müssen, weil unser Chef dann wieder in irgendwelchen unsinnigen Meetings ist, oder freitags *nie* da ist!

Zustände – wie in einem Irrenhaus!

Kapitel 14

„Was machen wir denn dieses Wochenende?", fragte ich Sigi, als er Freitag nach Hause kam.

„Ich weiß nicht, das Wetter scheint ja relativ gut zu sein, wir können ja in den Zoo oder so", schlug er vor.

„In den Zoo? Langweilig!", schrie Louisa vom Wohnzimmer aus.

„Ach komm schon, da waren wir doch schon lange nicht", sagte ich.

„Oder sollen wir ins Kino?", fragte Sigi.

„Hmm … ich muss schauen, was für Kinderfilme laufen", sagte ich und schnappte mir die Zeitung.

„Mama!", schrie Louisa erneut.

„Was denn?", sagte ich.

„Gehen wir in Rapunzel?", und sie lief zu uns in die Küche rüber.

„Können wir gern morgen machen, ja?", sagte ich und machte mich ans Kochen.

„Kommt am Sonntag Tante Fiona?", fragte mich die Kleine.

„Du, ich weiß nicht, ruf doch mal an und frag!", und ich drückte ihr das Telefon in die Hand.

Erstaunlich, wie gut die Kinder heutzutage mit der Technik umgehen können.

„Tanti, kommst du am Sonntag?", fragte Louisa Fiona am Telefon.

„Ja Kleine, natürlich. Sollen wir dir was mitbringen?",
fragte meine Schwester.

„Was hast du?", fragte Louisa clever zurück.

„Magst eine neue Barby?", fragte sie.

„Jaaa!", freute sich Louisa.

„Gut, dann sehen wir uns Sonntag, gibt mir mal noch deine
Mama, ja?", und Louisa reichte mir das Telefon.

„Hi, na wie geht's?", fragte ich.

„Du, alles gut, und bei euch?", sagte meine kleine
Schwester.

„Auch, hatte ne echt blöde Woche", fing ich an.

„Immer noch so schlimm?", fragte sie.

„Ich weiß nicht, was plötzlich los ist. Vor meinem Urlaub
war mein Chef so nett, so bemüht, hatte mich nur gelobt.
Und nun? Er ruft mich mindestens zehn Mal am Tag an,
um etwas zu kritisieren und hat sogar am Dienstag vor
Leuten im Meeting gesagt, dass er mich und meinen
Kollegen rausschmeißt, wenn wir irgendwelche Fehler
machen!", sagte ich total nervös.

„Nein, das glaub ich jetzt nicht! Bist du denn zum
Betriebsrat gegangen? Oder zu der Personalabteilung?",
hinterfragte Fiona.

„Ich habe mir einen Termin bei der Personalabteilung für
Mittwoch geben lassen", sagte ich.

„Richtig so, was denkt dein Chef, wer er ist? Denkt er, es
ist wie vor 50 Jahren, dass du auf ihn angewiesen bist?",
fragte meine Schwester.

„So nicht, klar. Aber ich meine, wir geben uns beim Verkauf unserer Antriebe so viel Mühe als ,tolles Familienunternehmen' und was machen Sie mit den Mitarbeitern? Keine Anerkennung, keine Belohnung, keine Motivation, nichts", sagte ich.

„Süße, tut mir echt leid, dass so zu hören. Was sagt denn Sigi dazu?" Fiona versuchte, mich etwas auszuhorchen.

„Nicht viel. Ich versuche, nicht allzu sehr darüber zu reden", erklärte ich.

„Aber du musst doch mit ihm darüber reden!", forderte sie.

„Ja, klar, ich weiß. Aber meistens ist er selbst so kaputt von der Arbeit, dann muss er fast täglich die Kleine von der Schule abholen, kochen, da will ich ihn nicht noch weiter nerven", sagte ich.

„Oh man, ich wünschte, ich könnte dir helfen", sagte sie leise, „aber übermorgen sehen wir uns, ja?"

„Klar, freue mich schon drauf, wirklich!", und ich legte auf.

Okay, ich habe oft Streit mit ihr. Wir sind einfach viel zu unterschiedlich, aber dafür hört sie mir zu und gibt mir Rat. Das tut gut. Normalerweise würde ich meine Eltern anrufen, die hätten mir mit Sicherheit auch helfen können. Aber das geht ja leider nicht mehr …

„Und, sind die Nudeln schon durch?", fragte Sigi. „Oh shit, siehst du, da habe ich fast die Zeit vergessen!", sagte ich und schaute schnell auf den Topf.

Na ja, halb so wild. Sind die Nudeln halt bisschen weicher als sonst. Schön Tomatensauce drauf, etwas Parmesan, und fertig!

Wir saßen am Tisch und aßen gemütlich.

„Mama, darf ich morgen bei Katja übernachten?", fragte Louisa augenblicklich.

„Katja?", fragte ich.

„Na die wo da oben in dem neuen Haus wohnt", antwortete Louisa.

„Da müsste ich erst einmal mit ihren Eltern reden, okay?", sagte ich.

„Mama, bitte!", bettelte die Kleine.

„Du willst das wirklich? Bist du nicht noch zu klein dafür?", fragte ich.

„Mama, ich bin nicht klein! In zwei Monaten werde ich 8 Jahre alt!", sagte sie stolz.

„Ja, nicht mehr ganz zwei Monate, wow, wie die Zeit vergeht!", staunte ich.

„Schon der 22. September, wie doch die Zeit vergeht", sagte Sigi.

„Wohl wahr", und wir aßen unsere Pasta.

Am nächsten Tag hieß es erst einmal den Haushalt erledigen, einkaufen und dann schon wieder kochen. Ich konnte mich einfach nicht aufbringen, früh aufzustehen. Ich lag noch im Bett, und Sigi war um 7 Uhr schon wach. Ich hörte, wie er das Haus verließ. Toll, wirklich. Jeden Samstag holt er frische Brötchen und beim Metzger frische Wurst.

Als er kam bereitete er das Frühstück vor und Louisa half im fleißig. So soll es sein, oder?

Nach dem Frühstück ging Louisa zu der Nachbarstochter und ich bat sie, bis zum Mittag wieder da zu sein. So hatten wir Zeit, uns um den Haushalt zu kümmern. Man, wie ich Putzen hasse! Gott sei Dank hilft mein Mann immer.

Sigi saugte, ich wisch, danach gingen wir zusammen einkaufen.

Und so schnell war der halbe Samstag rum. Mittags um 15 Uhr schauten wir wie versprochen *Rapunzel* an, eine Neuverfilmung. Aber, ich muss sagen, es hat uns Erwachsenen fast mehr Spaß gemacht, wie den ganzen Kids.

Ich weiß gar nicht, wann wir das letzte Mal alleine ausgegangen sind. Aber ich denke, jetzt, wenn Sie älter wird, und vielleicht dann öfters wo übernachten kann, dann können wir auch mal wieder auf ein *Date* …

Kapitel 15

„Herr Spörrle, darf ich kurz mit Ihnen reden?", fragte ich nach dem täglichen Meeting.

„Ja, setzten Sie sich", bot mein Chef an.

„Meinten Sie das Ernst mit dem, was Sie damals gesagt hatten?", fragte ich ihn erneut.

„Frau Kaiser, machen Sie sich doch keine Gedanken, so schnell kann man hier niemanden kündigen", sagte er.

Na super, was für eine Antwort war das denn?

„Herr Spörrle, ich habe keine Lust, jeden Tag Angst zu haben, dass Sie mich irgendwann kündigen!", sagte ich etwas lauter.

„Angst? Sie brauchen doch keine Angst zu haben", sagte er.

„Doch, ganz ehrlich. Und umso mehr Sie mir und Herrn Fritsch sagen, dass wir ständig Fehler machen, umso mehr Fehler machen wir! Denn, umso mehr man uns das einredet, umso mehr Angst haben wir, und vor lauter Angst passieren dann die Fehler!", sagte ich aufgewühlt.

„Dann müssen Sie sich eben mehr Zeit für den Vorgang nehmen, und noch einmal drüber schauen, bevor Sie es mir geben oder schicken", erklärte er ganz cool.

Ich fing an zu weinen. Ich weiß nicht, ich wurde so emotional.

„Jetzt stehen Sie erst einmal unter Beobachtung", sagte er.

Das ich weinte, ließ ihn kalt, total kalt.

„Herr Spörrle, ich sage es ungern, aber mit ihrer Art und Weise demotivieren Sie uns nur", und ich schaute ihn mit verheulten Augen an.

„Ach, das glaube ich nicht. Sie müssen einfach nur schauen, dass mehr Qualität in Ihre Arbeit kommt", erläuterte er.

„Und was ist mit Herrn Fritsch? Wie kommt es, dass ich nach drei Wochen wiederkomme, und so einen riesen Stapel auf meinem Tisch habe? Hat er denn die ganze Zeit über nichts gemacht?", fragte ich verärgert.

„Das kann ich nicht beurteilen. Dann müssen Sie Herrn Fritsch eben mehr unterstützen", erzählte er.

„Wie denn bitte? Ich tue doch schon alles, was ich kann!", sagte ich energisch.

„Setzten Sie sich zu ihm, schauen Sie, wie er arbeitet und fragen Sie dann, wie Sie ihm behilflich sein können", und er schaute wieder auf seinen PC.

Super, das Gespräch war ja wohl total für den Arsch! Gott sei Dank hatte ich noch morgen den Termin bei der Personalabteilung, vielleicht konnte mir hier geholfen werden.

Am nächsten Tag ging ich also am Nachmittag zur Personalabteilung.

Ich wurde super nett empfangen, und wir begannen unser Gespräch.

Ich erzählte ihr von den ganzen Kommentaren, den ganzen Anrufen, und wie respektlos miteinander umgegangen wird.

Tja, aber was als Antwort kam, das hätte ich mir nie erträumen lassen: „Frau Kaiser, es tut mir wirklich leid, dass zu hören. Das Problem ist, dass Herr Spörrle so weit oben sitzt, und Freund des Inhabers ist, dass wir hier nichts machen können."

„Aber hören Sie, wie kann es sein, dass lauter gute Mitarbeiter das Unternehmen verlassen, nur wegen einer Person?", ich war geschockt.

„Ich weiß, und es tut mir in der Seele weh, wenn auch Sie gehen würden. Aber ich denke, für Sie selbst wäre es das Beste", erklärte mir die nette Dame.

„Aber das kann doch keine Lösung sein! Und das Schlimmste, er sieht das Problem nur bei uns, nicht bei sich selbst", sagte ich.

„Wir wissen das, wir kennen ihn ja schon länger. Er ist nun mal so. Da kann man wenig machen, leider. Wenn ich nur eine Stelle wüsste, wo ich Sie reinstecken könnte, aber im Moment sieht es leider mau aus", begründete sie. „Wissen Sie, was ich absolut nicht verstehe? Herr Spörrle hat doch mich und Herrn Fritsch eingestellt. Er hat uns in dieser Einkaufsabteilung eingesetzt und unsere Potentiale analysiert. Warum ist er dann jetzt so unzufrieden?", ich wollte eine gute Antwort, denn die ganze Sache lies mich nicht los.

Sie schaute mich an, und dann nahm sie meine Hand und sagte, „Frau Kaiser, wir haben hier in der Personalabteilung schon so einiges erlebt und mussten feststellen, dass gerade ihr Chef, der mit einem Finger auf

Sie zeigt, eigentlich mit drei Fingern auf sich selbst deutet."

„Es ist einfach traurig, wirklich. Ich war so froh, diese Stelle zu bekommen, gerade als Frau mit Kind ist es nicht so einfach, wieder Anschluss zu finden. Aber man kann doch nicht immer nur die Leute schlechtmachen! Ich frage mich auch, wie das Herr Fritsch aushält!", sagte ich. „Herr Fritsch, das ist auch so eine Sache. Wusste Sie, dass er nur einen 1-Jahres-Vertrag hat? Und die Vertragsverlängerung liegt immer noch hier, und ist noch nicht unterschrieben worden", erklärte sie mir.

„Was? Das wusste ich nicht! Aber dann benutzt Herr Spörrle doch dies auch als Druckmittel! Herr Fritsch ist nicht gerade der Jüngste, er ist auch schon 48 Jahre alt, hat Frau und drei Kinder. Was soll er dann machen, wenn er plötzlich keine Vertragsverlängerung erhält?", ich war aus allen Wolken gefallen, als ich das hörte.

„So ist es hier leider. Gerade diese ‚vermeintlich schlechten' Mitarbeiter sind doch nur ein Produkt dieses schlechten Führungsstils. Warum gab es denn in fünf Jahren vier technische Einkaufsleiter? Warum gab es denn in der Einkaufssachbearbeitung in drei Jahren drei verschiedene Leute? Warum wurden sie denn eingestellt? Warum, wenn Herr Spörrle sie doch so schlecht findet, haben sie die Probezeit alle überstanden?", fragte sie an.

„Sie haben vollkommen Recht, und warum, wenn nicht durch seine schlechte Führung, erhalten wir nicht die benötigte Schulung, nach der wir schon seit langem fragen?!", sagte ich, und nahm einen Schluck Kaffee.

„Sehen Sie, das Problem sind nicht Sie, Frau Kaiser. Ich meine, warum fallen dann die Mitarbeiter bei einer Entlassung aus allen Wolken? Warum hat vorher kein klares Gespräch stattgefunden? Wollen Sie denn, dass ich mit ihm rede?", fragte sie mich.

„Nein, wirklich, lieber nicht. Ich glaube, dass würde die ganze Sache nur noch schlimmer machen", sagte ich und bedankte mich für das nette Gespräch.

Bevor ich an meinen Platz zurückging, ging ich noch eine rauchen. Toll, für was gibt es eine Personalabteilung, oder einen Betriebsrat, wenn man nichts tun kann? Nichts, einfach nichts, weil dieser Typ mit seiner Macht auf einem viel zu hohen Thron sitzt.

Na ja, was soll's. Als ich vom Raucherzimmer wieder ins Büro ging, begegnete ich Herrn Schick. Immer freundlich, immer ein Lächeln auf dem Gesicht. Schätzungsweise Mitte zwanzig.

„Frau Kaiser, ich habe ihn eine tolle Textstelle aus einem Buch kopiert, schauen Sie mal!", und er gab mir ein Stück Papier.

Ich las es und musste nur grinsen, >>Eine gute Führungskraft agiert nicht wie ein Egomane, sondern wie ein Gärtner. Sie legt ein Beet an, setzt jeden Mitarbeiter an der richtigen Stelle ein und fördert sein Wachstum. Der Boden der Beziehung wird durch Rückmeldungen und durch Fortbildungen gedüngt. Wenn eine Pflanze schlecht wächst, fragt sich der Gärtner: Was kann *ich* tun, damit meine Pflanze besser gedeiht? Wer allerdings nur den

Spaten nimmt und die Pflanze aus dem Garten schleudert, der braucht sich über sein eigenes Versagen keine Gedanken zu machen. Eine „A-Führungskraft", mag er sein, wenn das „A", für die Abkürzung Arschloch steht. << „Und, was sagen Sie?", fragte Herr Schick lachend.

„Ein muss ich sagen, dieser Autor, Herr Wehrle, spricht mir aus der Seele! Ich muss das gleich mal Herrn Fritsch zeigen!", und ich ging an meinen Platz.

Interessanterweise wollte keiner wissen, wo ich war. War ja auch niemanden aufgefallen, da der liebe Herr Chef eh in einem Meeting saß. Und Herr Fritsch würde mich sicher nicht verpetzen.

Ich holte Louisa ab, und wir gingen nach Hause. „Oh, guck mal da Mama!", sagte sie, als wir die Türe aufmachten.

„Sag mal, hast du heute Morgen auch richtig Hugos Käfig zugemacht?", ich schaute sie etwas ernster an.

„Ähm, ich glaub schon", sagte sie und rannte ins Wohnzimmer.

Im Flur lagen lauter kleine Bobbel. Ja, richtig. Kleine, tolle Scheißbobbel des niedlichen kleinen Hugo.

„Louisa! Sofort hierher!", rief ich.

„Ja?", kam sie angerannt.

„Sag mal, wo ist denn Hugo?", fragte ich.

„Er ist nicht im Käfig", sagte sie total unschuldig.

„Schau dir das mal bitte an! Das darf doch nicht wahr sein!", ich wurde etwas lauter.

Tränen sammelten sich in ihren Augen, und sie rannte weg.

Na toll, jetzt heult sie auch noch. Das fehlt mir gerade noch.

Auf den Weg ins Wohnzimmer bemerkte ich noch kleine gelbe flüssige Pfützen und zwischen den Kissen, ganz relaxed auf der Couch lag Hugo.

Ich fing an zu lachen, nun konnte ich Louisa gar nicht böse sein. Wirklich nicht. Es kann ja mal passieren. „Schatz, komm mal schnell!", und ich schaute, dass sich Hugo nicht bewegte oder wieder weghüpfte.

Immer wieder spannend, im Hause Kaiser.

Kapitel 16

„Sag mal, glaubst du das liegt nur an mir?", fragte ich Sigi am Frühstückstisch.

„Ach Schatz, ich bitte dich, du musst halt auch nüchtern an die Sache rangehen. Du bist immer viel zu emotional!", sagte er und reichte mir ein Brötchen.

„Ich weiß. Und ich glaube, ich sage viel zu oft Dinge, die ich gar nicht sagen dürfte. Beziehungsweise, ich bin einfach zu ehrlich und plapper dann drauf los", sagte ich weiter.

„Mama", Louisa schaute mich an, „magst du deine Arbeit nicht mehr?"

„Maus, es ist alles okay. Manchmal macht es keinen Spaß", sagte ich.

Was soll man einem Kind auch sagen, verstehen würde Sie es sowieso nicht.

„Vielleicht musst du einfach deine Einstellung ändern?" Sigi versuchte, mich aufzumuntern.

„Ja, vielleicht", und ich schaute, was ich auf mein Brötchen schmieren könnte. „Aber weißt, was mir nicht aus dem Kopf geht, warum hat er sich so um 180° gedreht?" „Ich weiß es nicht, vielleicht stimmt es ja auch und du hast in der Anfangszeit Fehler gemacht", antwortete mein Mann.

„Na toll, danke! Stehst du jetzt auch noch hinter ihm anstatt hinter mir?!", sagte ich gereizt.

„Oh komm, übertreib doch nicht gleich! Aber es gehören immer zwei dazu, grundlos wird er wohl kaum so kritisch mit dir umgehen!", und Sigi schaute mich ernst an.

„Ich kann nur so viel sagen, ich tue alles, was ich kann, und dass nach meinem besten Gewissen nach, okay?", und ich schaute ihn bös zurück an.

So! Also bitte, was soll das denn jetzt? Er muss doch hinter mir, und nicht hinter meinem Chef stehen! Ich weiß schon, was ich tue, und wie ich es tue! Und ich bin gewiss nicht ‚nicht gewissenhaft'. Klar, durch das Arbeitspensum versuche ich alles so schnell wie möglich zu bearbeiten, und vielleicht passiert da der eine oder andere ‚Flüchtigkeitsfehler', aber es ist ja nicht so, dass ich eine ‚0' zu viel geschrieben hätte oder sonstige gravierende Fehler machen würde?!

„Alles okay?" Sigi nahm meine Hand.

„Ja!", sagte ich mürrisch.

„Hey, auf jetzt, lach mal ein bisschen, schließlich ist heute Samstag!", und er gab mir einen Kuss.

„Super Samstag, wirklich. Der Tag fängt ja schon richtig toll an", und ich trank meinen Kaffee.

„Schatz, ich habe ja nur gesagt, es gehören immer zwei dazu. Wie in jeder anderen Beziehung auch. Vielleicht ist es auch einfach eine Wahrnehmung. Vielleicht musst du dich mal in ihn hineinversetzen?", schlug mein Mann vor.

„Was willst du mir damit sagen? Ich solle mir vorstellen, wie ich da oben im Büro sitze und den ganzen Tag nur delegiere?", und ich fing an zu lächeln.

„Ja, zum Beispiel. Glaubst du, er hat es einfach? Er hat ein bestimmtes Budget, das ihr benutzen dürft. Seid ihr drüber, muss er den Kopf hinhalten. Kommen Teile nicht rechtzeitig und es kann nicht produziert werden, muss er den Kopf hinhalten. Werden Zahlen am Ende des Jahres nicht erreicht, muss er den Kopf hinhalten. Das sind alles so Dinge, es ist sicherlich auch nicht leicht, mit euch allen umzugehen", sagte mein Mann.

„Also gibst du doch *uns* die Schuld?", ich schaute ihn wieder etwas ernster an.

„Ich rede hier nicht von Schuld oder nicht Schuld. Hör mir doch einmal zu!", er schüttelte den Kopf, und sagte dann weiter „Jeder ist anders, das weißt du. Und mit jedem muss man anders umgehen, anders reden. Denn die meisten hören die Dinge auf einem anderen Ohr." „Woher hast du denn den Scheiß? Von deinem letzten Meeting?", lachte ich wieder.

„Mara, ich meine es jetzt ernst. Du nimmst alles emotional auf, nicht sachlich. Anstatt die Dinge klar zu verstehen, denkst du immer nur, er will dir etwas Böses. Dabei muss er ja im Namen der Firma und für die ganze Abteilung handeln und entscheiden, nicht nur für dich. Verstehst du?", mein Mann schaute mich lieb an.

„Vielleicht hast du ja Recht, aber toll finde ich trotzdem nicht, was er vor anderen Leuten sagt. Egal jetzt, genug davon, okay?", und ich gab ihm einen Kuss.

Wenigstens hat er mir heute mal zugehört. Sonst ist mein lieber Mann immer zu müde, um zu reden. Oder wir können uns gar nicht richtig unterhalten, weil dann schon einer von beiden einpennt.

„Mama, was machen wir heute?", fragte Louisa nach dem Frühstück.

„Maus, ich muss erst mal die Wohnung putzen, dann müssen wir einkaufen, und dann mal schauen, ja?", antwortete ich ihr.

„Na toll. Und wann machen wir was zusammen?", fragte sie trotzig.

„Warum fragst du nicht deine Tante, ob sie mit dir etwas unternimmt? Oder ruf doch Sabrina an, die wohnt doch gleich gegenüber", sagte ich ihr und holte den Staubsauger aus der Kammer.

„Papa!", rief Louisa dann und ging zu meinem Mann.

„Was ist denn?", sagte er genervt.

„Papa, was machen wir heute?", fragte sie.

„Weiß nicht, frag doch Mama", sagte er und las weiter in seiner Zeitung.

„Papa!", sagte sie etwas lauter, „Können wir nicht schwimmen gehen?"

„Heute?", er guckte sie verdutzt an.

„Ja, bitte!", und sie setzte sich neben ihn.

„Oh ich weiß nicht, wirklich, frag doch erst mal Mama", und er versuchte sie, von sich wegzuschicken.

„Na toll", und sie tappte in ihr Zimmer.

„Sigi!", rief ich.

„Was denn?", antwortete er.

„Bitte saug mal ab, dann kann ich gleich wischen, dann geht es schneller", sagte ich ihm.

„Soll ich es gleich alles machen, damit es wenigstens ordentlich ist?", fragte er.

„Willst du jetzt etwa sagen, ich putzt nicht richtig?", und ich dachte echt, was für ein Tag ... ständig nur Vorwürfe!

„Komm, ok, ich saug, du wischst, und dann geh ich mit Louisa einkaufen." Und er fing an, das Schlafzimmer zu saugen.

So, geht doch! Warum soll auch ich immer alles machen? Ich arbeite genauso wie er unter der Woche.

Nach knapp zwei Stunden war die Wohnung wieder sauber, und Sigi ging mit Louisa einkaufen. Toll, Ruhe. Endlich.

Ich setze mich auf den Balkon. Langsam sieht man, wie sich die Blätter verändern. Herbst. Auch schön, solange es nicht zu kalt ist! Und am Montag kommt schon der Neue. Da bin ich mal gespannt, wie der so drauf ist.

Ich schnappte mir eine Zeitung, einen Kaffee und eine Zigarette und wartete, bis die zwei wiederkamen.

„Mama!", hörte ich Louisa rufen.

Was, so schnell? Huch, schon eine Stunde rum? Bin ich eingenickt?

„Mama wo bist du?", rief sie und stand plötzlich vor mir.

„Hast du wieder geraucht?"

„Nur eine Zigarette Maus", ich schaute sie an.

„Du sollst doch nicht rauchen Mama!", sagte sie.

„Ich weiß, ich hör auf, okay?", ich versuchte, ihr das schon seit langem zu versprechen. Aber jedes Mal, wenn ich aufhöre, dann hält das nur zwei oder drei Monate.

Und eigentlich wollte ich ja jetzt wieder aufhören, aber dieser Job …

„Das sagst du immer!", und sie rannte weg.

„Mara!", nun rief Sigi.

„Ja ich komme", und ich ging hinein in die Wohnung. „Ich denke, ich habe alles gekriegt. Du, wir haben im Auto darüber geredet, dass wir ja nach dem Mittag schwimmen gehen könnten", sagte er, während er alles in den Kühlschrank räumte.

„Schwimmen? Nach dem Essen? Man soll doch nicht mit vollem Magen schwimmen", antwortete ich.

„Na bis dahin ist es ja schon wieder ok. Können ja pünktlich um 12 Uhr eine Kleinigkeit essen, und dann so um 14 Uhr oder so gehen", schlug er vor.

„Ach ich weiß nicht, ich habe keine Lust", sagte ich und setzte mich auf den Stuhl in der Küche.

„Komm schon, die Kleine würde sich so freuen!", sagte Sigi.

„Und wenn ihr einfach alleine geht? Dann kann ich mein Buch endlich mal weiterlesen?", bot ich an.

„Du und deine Bücher, wie viele hast du? 1.000 Stück? Das blöde Buch kannst du auch abends im Bett weiterlesen!", und Sigi guckte weg.

„Mein Gott ey, immer so gereizt. Gut, dann geh ich halt mit zum Schwimmen, zufrieden?!", ich ging Richtung Kinderzimmer.

Louisa saß in ihrem Zimmer und spielte Barby.

„Schatz", ich klopfte an ihrer Türe, „such dir schon mal einen Badeanzug raus, ja?"

Sie drehte sich um, und strahlte.

Okay, manchmal hat Sigi doch Recht, ich gebe es zu.

Kapitel 17

„Schön, dass Sie alle kommen konnten", fing Herr Spörrle seine Rede an, „Endlich haben wir jemanden gefunden, der menschlich in unser Team passt."

Wir schauten uns alle an. Soll das etwa heißen, dass Herr Müller nicht zu uns passte?

„Herr Hahn wird so einiges an Veränderungen mit sich bringen", fuhr er fort, „aber es kann ja nun nur besser werden."

Herr Hahn stand strahlend daneben, und genoss, was Herr Spörrle da von sich gab.

Ich stand neben Frau Rapovic, eine Dame aus dem Vertrieb Innendienst. Sie arbeitet schon seit gut zwanzig Jahren hier.

Die *Begrüßungsrede* für unseren neuen Mitarbeiter ging noch weiter, „Im Übrigen möchte ich auch die jetzigen Teamleiter vorwarnen. Wir werden hier einiges umstrukturieren, schließlich sind die Entscheidungen von damals nicht in

Stein gemeißelt worden."

Und er übergab das Wort an Herrn Hahn.

„Ich freue mich, nun alle mit Ihnen zusammen arbeiten zu dürfen. Manche von Ihnen kenne ich bereits, da ich für die Firma Herder gearbeitet hatte", sagte Herr Hahn.

Frau Rapovic schmunzelte plötzlich und flüsterte, „Na klar, nun stellen Sie jemand von Herder ein und brauchen dann deren Know-How nicht mehr."

Nach einer guten Stunde war diese Vorstellung vorbei. Und mir wurde klar, warum wir vor einigen Wochen ein Dosier ausfüllen mussten. So wusste Herr Hahn ganz genau, wer ist und wie er mit uns umgehen soll.

Klever, wirklich. Ich lief mit Herrn Fritsch zurück in unser Büro. Ich muss zugeben, dass mir Herr Fritsch mittlerweile ans Herz gewachsen ist. Er ist so unglaublich lieb und nett, und gibt sich auch alle Mühe.

Ich verstehe nicht, warum immer an ihm rumgehackt wird. Es heißt immer, er würde zu langsam arbeiten, oder Sachen würden monatelang auf seinem Schreibtisch versauern. Aber, dass wir beide erst ‚frisch‘ im Unternehmen sind, daran denkt keiner! Und daran, dass wir nie eingelernt wurden? Und warum gibt man uns immer mehr?

„Haben Sie schon die Bestellungen geschrieben?“, fragte mich Herr Fritsch.

„Nur einen Teil, werde aber gleich weitermachen“, antwortete ich ihm.

Irgendwie machte es immer weniger Spaß.

Nach der Mittagspause von Herr Spörrle ging ich rüber in sein Büro, um ihm die Unterschriftenmappe vorzulegen. Herr Hahn saß neben ihm.

„Ah Frau Kaiser, gerade haben wir von Ihnen geredet, setzen Sie sich doch!“, bat er.

„Ja, okay“, sagte ich verdutzt und setzte mich zwischen die beiden Herren.

„Wissen Sie, Herr Hahn, Frau Kaiser möchte gerne mehr Gehalt", und während er sprach, sah er nicht mich an, sondern nur meinen neuen Kollegen.

Hallo?! Was soll das denn jetzt bitte?!

„Okay", antwortete Herr Hahn kurz und bündig.

„Aber, Frau Kaiser, Sie sind noch nicht soweit", grinste Herr Spörrle, „meiner Meinung nach stecke ich Sie als Person in eine Schublade, die nicht selbständig arbeiten kann."

Boah, ich habe echt gedacht, mir platzt der Kragen! Was erlaubt der sich eigentlich so etwas vor meinem neuen Kollegen oder vielleicht auch neuem Teamleiter zu sagen?! Ich versuchte, ruhig zu bleiben, und lächelte freundlich.

„Herr Spörrle, aber Sie haben mir damals bei der Einstellung gesagt, dass ich nach ein paar Monaten nach einer Gehaltserhöhung fragen darf", sagte ich mutig.

„Das ist wahr, das gebe ich auch zu, aber in den drei Wochen, in denen Sie nicht hier waren, ist mir aufgefallen, wie viele Fehler Sie machen", sagte er.

„Herr Spörrle, mal ganz im Ernst. Ich bin hier in die Abteilung gekommen, mich hat keiner eingelernt, es gab keine Schulungen, und ich kann dann nur nach meinem besten Gewissen handeln und arbeiten", verteidigte ich mich selbst.

„Herr Hahn, wissen Sie, wie schwer das hier für mich ist? Erst die Festo, dann der Müller, und jetzt noch die Kaiser!", und er schüttelte den Kopf.

„Verstehe", sagte Herr Hahn.

„Ja aber warum verdient Herr Fritsch mehr als ich, obwohl wir dieselbe Arbeit machen?", fragte ich.

„Also Frau Kaiser, bitte, vergleichen Sie sich doch nicht mit anderen! Ich kann mich doch auch nicht mit anderen Führungskräften in Haus vergleichen. Ich bekomme 200.000€ im Jahr, und manche vielleicht noch mehr. Aber deswegen gehe ich nicht zu meinem Chef, und messe mich mit den anderen", erläuterte mein Chef.

Na super, der bekommt seine 15.000€ im Monat und kann mir nicht einmal 100 € oder 200 € mehr zahlen? „Ich habe der Frau Kaiser schon das letzte Mal gesagt, dass sie gewissenhafter arbeiten muss, und das letzte Mal weinte sie sogar vor mir und benutzte das Wort *Angst*", erzählte er stolz seinem neuen Kollegen.

Sorry, aber ich fand das gar nicht lustig. Ich bin nun mal ein emotionaler Mensch!

Ich versuchte mich zu zügeln und sagte nicht viel, für was auch? Würde eh nichts bringen. Ich denke einfach nur, dass jeder gleichbehandelt werden sollte. Und ich merke ja schon jetzt, was für Unterschiede gemacht werden: Herr Hahn bekommt mehr Gehalt als Herr Müller. Herr Hahn bekam sofort einen Dienstwagen, das hätte Herr Müller nie erhalten. Und irgendwie, ich weiß auch nicht, aber Herr Hahn ist mir nicht so ganz sympathisch … Ich ging etwas geknickt zurück ins Büro. Na super, echt.

Herr Fritsch schaute mich an, „alles okay?"

„Ja, geht so, erzähle ich Ihnen später", und sein Telefon klingelte plötzlich.

Er wurde in das Büro von Herrn Spörrle gerufen.

„Viel Glück", wünschte ich ihm.

Ich setzte mich an die Arbeit, und schaute mir die ganzen Bedarfsanforderungen an. Aber das Gespräch eben ging mir nicht aus dem Kopf. Warum muss er mich immer vor anderen, gerade vor mehreren Leuten, so schlechtmachen?

Nach einer Weile rief ich Frau Rapovic an, „Hallo?"

„Rapovic, wie kann ich Ihnen helfen?", antwortete Sie.

„Hallo Frau Rapovic, hier ist Frau Kaiser. Ich wollte fragen, ob wir nicht einmal zusammen essen gehen könnten? Ich würde gerne mit Ihnen über etwas reden", sagte ich und hoffe, Sie würde zustimmen.

Ich bewundere Sie, ehrlich. Sie ist 58 Jahre alt, schon so lange im Unternehmen, und lässt sich nicht unterkriegen. Eine starke Frau. Aber, man muss ja auch sagen, Sie hat schon viele Chefs mitgemacht.

„Frau Kaiser, sehr sehr gerne", antwortete Sie mit ihrem kroatischen Dialekt.

„Super, das freut mich, treffen wir uns dann hier am Aufzug?", schlug ich vor.

„Kein Problem", sagte Sie.

Na endlich kann ich mich mit jemanden austauschen, der diesen Wahnsinn hier schon länger mitmacht.

Ich mein, liegt es wirklich nur an mir? Sigi meinte ja am Wochenende, dass es vielleicht an meiner Einstellung liegt. Aber wenn doch mehrere gleich denken, dann ist es vielleicht doch die Firma und nicht wir?

Eine halbe Stunde später kam Herr Fritsch zurück in das Büro, strahlend.

„Oh, was ist los?", fragte ich erstaunt.

„Ach ich hatte nur ein kurzes Gespräch mit Herrn Spörrle und Herrn Hahn", grinste er.

„Ja und? Haben Sie Ihren neuen Vertrag bekommen?", wollte ich unbedingt wissen.

„Nein, das noch nicht, aber Herr Spörrle hat mir seine Hand darauf gegeben, dass ich auf jeden Fall noch einmal um ein Jahr verlängert werde", sagte er stolz.

„Super, das freut mich, dann kann ich ja nur hoffen, dass dies auch bald geschieht! Wann läuft ihr Vertrag aus, im Dezember, oder?"

„Ja genau, Ende Dezember", sagte er.

„Und was ist eigentlich mit den ganzen Überstunden und Urlaubstage?", fragte ich ihn.

„Ich weiß es noch nicht", und er schaute auf den Kalender, „in den Herbstferien wollten Sie glaube ich auch die eine Woche, oder?"

„Ja genau, habe ich aber auch schon beantragt", antwortete ich.

Und wie, als ob unser Chef und hören könnte, poppten auf unseren Bildschirmen jeweils eine E-Mail auf.

„Na super", sagte ich.

„Was denn? Mein Urlaub wurde genehmigt", sagte Herr Fritsch.

„Und bei mir steht, dass ich dies mit ihnen klären soll, beziehungsweise, mir ein anderes Datum aussuchen soll", sagte ich enttäuscht.

„Ich muss mal schauen, was wir hier vorhaben, ansonsten können Sie die Woche auch nehmen", schlug er vor. „Ach, ist schon okay. Mein Mann hat da ja frei und kann sich dann um Louisa kümmern, dann nehme ich mir einfach zu einem anderen Zeitpunkt die Woche frei", und ich versuchte, mir die Enttäuschung nicht anmerken zu lassen. Herr Fritsch arbeitet schließlich auch unglaublich viel, ist länger in der Firma, und hat sich diese eine Woche Auszeit Ende des Monats ja auch verdient.

„Gott sei Dank, das heißt, nur noch drei Wochen arbeiten, dann habe ich eine Woche frei", jubelte er.

Währenddessen schrieb ich Sigi eine E-Mail, dass mein Urlaub leider nicht genehmigt wurde. Was ja auch okay ist, man kann ja schließlich nicht alles haben.

Kapitel 18

„Ich muss ganz ehrlich sagen, dass mir Herr Hahn immer unsympathischer wird, tut mir echt leid", sagte ich am Frühstückstisch.

„Na na, was haben wir gesagt? Nicht immer alles so schwarzsehen, Schatz!", kicherte Sigi.

„Du, ich mein das jetzt ernst, was vorher nur ein Klick war, ist jetzt ein komplizierter Vorgang!", jammerte ich.

„Warum wurde der Bestellprozess dann überhaupt geändert?", fragte er.

„Ist ja ganz einfach, unser lieber neuer Chef meint nach einer Woche, er wisse mehr als sein Vorgänger." Sagte ich.

„Ne oder? Das heißt, er hat die Entscheidung gefällt, ohne die Abläufe überhaupt verstanden oder die Mitarbeiter gefragt zu haben?", da war selbst mein Mann erstaunt. „Ja, die Kollegen oder mich hat ja keiner gefragt. Die Entscheidung, dass Bestellsystem nun parallel zum System auch noch schriftlich laufen zu lassen, haben Herr Spörrle und Herr Hahn bei einem Meeting unter sich ausgemacht", erklärte ich.

„Was soll ich dazu sagen, Mara, die meisten Neu Chefs überschätzen sich einfach maßlos." Und Sigi schlürfte an seinem Tee.

„Ich frag mich halt, warum er nicht nachgefragt hat?", und ich schaute nur ins Leere.

„Das hält er wahrscheinlich nicht für nötig und möchte halt als ‚Neuer‘ auf jeden Fall sein Zeichen setzen", versuchte Sigi zu begründen.

„Das ist echt traurig, wirklich", ich stand auf, und trug alles in die Küche.

Im Bus musste ich viel darüber nachdenken, aber ich meine, selbst Frau Rapovic ist der Meinung, dass Herr Hahn einfach nur eine Kopie von Herrn Spörrle ist. *Ein zweites Sprachrohr* nannte Sie es.

Ich ging in die Arbeit, und nahm mir nun vor, mir nicht mehr so den Arsch aufzureißen. Wozu? Dankt mir jemand, nein! Schätzt jemand, dass ich Überstunden oder keine Pause mache? Nein! Das einzige, was die lieben Chefs können, ist kritisieren!

Da Herr Hahn in unzähligen Meetings war, hatte ich genügend Freiraum und Zeit, um mit Herrn Fritsch nebenbei zu plaudern.

„Das dauert alles viel zu lange", sagte Herr Fritsch.

„Ja, finde ich auch", stimmte ich zu.

„Es war doch sowieso schone in großer Aufwand, aber es hat funktioniert, warum muss Herr Hahn das alles sofort auf den Kopf stellen?", fragte er.

„Tja, ich denke, er will ein Stück von dieser Kontrolle abhaben. Denn, dadurch, dass er jetzt jeden Bestellvorgang noch schriftlich absegnen möchte, bevor es auch noch im System erteilt, hat er mehr Macht über die ganzen Vorgänge", sagte ich.

„Wäre es aber nicht einmal angebracht, einen Tag neben uns zu sitzen, und sich den Vorgang einmal anzuschauen? Hat er überhaupt ein Gespür dafür, wie lange es jetzt schon dauert?", schlug Herr Fritsch vor.

„Ich weiß, wäre besser, aber Herr Hahn meint, Herr Müller hätte unsere Abteilung als Ruine zurückgelassen, und er ist jetzt der tolle und große Retter, der alles besser kann!", sagte ich genervt.

„Ja genau, der große Erlöser", lachte Herr Fritsch.

Da musste ich mitlachen.

„Aber es ist doch war. Er springt von einem Meeting in das Nächste, ich weiß nicht, wann ich ihn hier mal am Platz gesehen habe", sagte er.

Und es stimmt. Seit Herr Hahn angefangen hat, ist er nicht wirklich am Platz gewesen. Wie kann er da das Tagesgeschäft bewerten? Und für uns zieht sich alles noch mehr hinaus, denn, umso weniger er am Platz ist, umso weniger kann er Entscheidungen fällen.

„Ich schreib jetzt trotzdem die Bestellungen", sagte ich.

„Würde ich lieber nicht machen", entgegnete Herr Fritsch.

„Ja aber was sollen wir denn tun? Am Schluss heißt es, wir sind schuld, dass nicht produziert werden kann?", sagte ich etwas lauter.

„Ist mir schon klar, aber es heißt ja, dass wir keine Bestellung schreiben dürfen, bevor diese nicht über Herrn Hahns Tisch ging", antwortete Herr Fritsch.

Vielleicht hat er ja auch Recht, vielleicht sollen wir es darauf ankommen lassen?!

„Das ist doch alles bekloppt hier, oder?!", sagte ich etwas genervt, „auf was für eine Grundlage wurde der Prozess denn geändert?!"

Herr Fritsch lachte, „die Eintrittskarten für eine Besprechung werden halt nicht nach Sachverstand und Kompetenz, sondern nach Hierarchie und Connection vergeben!" Und ich muss sagen, er hatte damit vollkommen Recht! Die ganzen Chefs da oben fallen einfach Entscheidungen, ohne sich vorher mal richtig darüber zu erkundigen. Und nachher knallt des alles nur auf uns zurück.

Ich ging pünktlich um 16 Uhr aus dem Büro, und da stand Herr Spörrle am Kopierer.

„Na, einen Tag Urlaub genommen?", fragte er provozierend.

„Ja genau, um mal ein bisschen was von meiner Familie zu haben!", konterte ich.

Ich hatte genügend Zeit, um Louisa aus der Schule zu holen, und musste mich endlich mal nicht beeilen, um den Bus zu kriegen.

Louisa war super happy, als sie mich sah.

„Mama, du hier?", fragte sie ganz verdutzt.

„Ja klar", sagte ich und umarmte sie erst einmal. „Na wie gefällt dir die dritte Klasse?"

„Mathe finde ich etwas blöd, aber ansonsten ist es ganz ok", sagte sie.

„Ach Schatz, ansonsten frag doch mal Onkel Gianluca, ob er dir nicht etwas in Mathe helfen kann?", bot ich ihr an.

„Kannst du ihn fragen?", sie schaute mich an.

„Na klar, mache ich, okay?", sagte ich ihr und nahm ihr den Schulranzen ab.

Dadurch, dass sie mit sechs in die Schule kam, ist sie mit ihren frischen acht Jahren schon in der dritten Klasse. Erstaunlich, aber bis jetzt packt sie es ganz gut. Und ich hoffe, es läuft noch weiter so!

Manchmal wünsch ich mir schon noch ein zweites Kind, gerade für Louisa. Natürlich hat sie als Einzelkind unsere ganze Aufmerksamkeit, aber andererseits lernt sie es nicht, zu teilen. Und das merke ich langsam sehr stark. Wenn doch das finanzielle nicht wäre. Es ist einfach alles viel zu teuer. Die Wohnung, das Auto, all die Nebenkosten, und wir würden Louisa gerne nachher auf eine Internationale Schule schicken.

Aber bis dahin vergehen noch zwei Jahre …!

„Was gibt es heute zu essen?", unterbrach die Kleine meine Gedanken.

„Oh, auf was hast du denn Lust?", fragte ich.

„Hmm … ich weiß nicht, wie wäre es mit Spätzle und Soße?", erkundigte sie sich.

„Na dann schauen wir mal, was wir alles zu Hause dahaben, okay?", und wir gingen hoch in die Wohnung. Sigi schrieb mir eine SMS, dass er pünktlich um 17 Uhr das Büro verlassen möchte und so auch rechtzeitig zum Abendbrot zu Hause sein wird.

Ich bin froh, so eine tolle Familie zu haben, wirklich. Denn diese gibt mir die nötige Kraft, denn Büroalltag hinter mir zu lassen.

Kapitel 19

„Jetzt haben wir schon einen neuen Chef, und er macht es wie der andere", murmelte ich vor mir her.

„Wie?", sagte Herr Fritsch.

„Na, beide sind freitags nie da", antwortete ich ihm. „Ja, schon komisch. Ich meine, dass hätte sich Herr Müller nie erlauben dürfen", warf er hinzu.

„Ich finde, es werden sowieso so viele Unterschiede zwischen den beiden gemacht! Herr Hahn hat ja auch gleich einen Geschäftswagen erhalten, richtig?", und ich schaute ihn an.

„Das stimmt. Wer weiß, was die zwei für einen Deal gemacht haben!", sagte Herr Fritsch und wandte sich wieder seinem Schreibtisch zu.

Na ja, immerhin ist es ein *Chef-freier-Freitag*, ist doch auch schön – dachte ich mir still und leise!

Plötzlich öffnete sich unsere Türe, und Frau Winter stürmte rein.

„Ich krieg hier noch die Krise, der macht mich verrückt!", und sie setzte sich an Herr Hahns Schreibtisch.

Wir schauten Sie nur beide total verdutzt an.

„Wissen Sie, dass Herr Spörrle mich in den letzten 10 Minuten bestimmt acht Mal angerufen hat?", und Sie hielt sich die Hände vor die Augen. „Und was möchte er?", fragte ich.

„Es geht um diese Rechnungen hier, die Sie gestern bearbeitet haben. Er hat hierzu noch Fragen", sagte Sie, und übergab mir ein paar Blätter.

„Und warum ruft er mich nicht selbst an?", ich war erstaunt.

Hätte er mich direkt angerufen, hätte ich ihm direkt antworten können. So geht alles über seine Sekretärin, als hätte diese nicht schon genug am Hals.

„Schauen Sie, hier möchte er, dass Sie die Kosten aufteilen. Und hier, da möchte er einen Lieferschein angehängt haben", und Frau Winter notierte mir alles, was er eben in ein paar Minuten am Telefon sagte.

„Gut, ich werde mich gleich drum kümmern", sagte ich.

Frau Winter ging hinaus, und ich schaute Herrn Fritsch an.

„Wäre es nicht einfacher, mich direkt darauf anzusprechen?", hinterfragte ich.

„Klar, aber warum einfach, wenn es auch kompliziert geht?", und er lachte.

Na gut, dann schauen wir mal hier …

Eine Rechnung über sein letztes Meeting, beziehungsweise, über seine Bewirtung. Okay, und was will er jetzt hier von mir?

Rechnung auf mehrere Kostenstellen verteilen' – war die Notiz.

Da ich dies noch nie gemacht hatte, fragte ich meinen lieben Arbeitskollegen, „Herr Fritsch, wissen Sie, wie das geht?"

„Nein, tut mir leid, das habe ich bisher noch nicht machen müssen", antwortete er.

Na super. Ja, ich kann es ja auch ein wenig verstehen. Wir bestellen Teile für die Produktion, und manchmal sind es eben spezielle Dinge, die nur einem kleinen Projekt angehören. Aber dann frage ich mich halt auch, warum uns so etwas nicht erklärt wird?

Ich beschloss, Herrn Spörrle eine E-Mail zu schreiben.

>> Sehr geehrter Herr Spörrle,

Frau Winter hat mir ein paar Rechnungen übergeben, bei denen noch Unklarheiten offen sind.

Bezüglich der Rechnung von Kimberly & Roberts, hier weiß ich leider nicht, wie man diese Rechnung aufteilt.

Daher haben Herr Fritsch und ich auch um eine Schulung gebeten, gerade, um solche Fehler zu vermeiden.

Mit freundlichen Grüßen

Mara Kaiser <<

So, jetzt bin ich mal gespannt, was noch kommt!

Ich schaute mir die nächste Rechnung an, eine Lieferung über Näherungsschalter. Na super, der Lieferschein liegt bestimmt in der Produktion!

Also gut, dann rufe ich einfach mal dort an!

„Frau Kaiser hier, hallo, darf ich fragen, ob Sie einen Lieferschein zu der Lieferung der Firma Summers' Part von letzter Woche haben?", fragt ich höflich.

„Hallo Frau Kaiser, geht es hier um die SMT-8? 450 Stück?", fragte der nette Mann vom Wareneingang. „Ja genau, können Sie mir hier eine Kopie machen? Dann hole ich es nachher!", sagte ich.

Na super, schon einen Punkt, den ich dann abhaken kann!

Ich bearbeitete eines nach dem anderen, als eine E-Mail von Herrn Spörrle aufpoppte:

>>Frau Kaiser, es trotz allen Dingen nicht zu tun, ist doch keine Lösung. Zu sagen *‚es geht nicht und ich sagte schon mal‛* und dann machen Sie es nicht ist für mich keine Option!!!<<

Ich war erschrocken, was war denn nun los?

„Herr Fritsch, schauen Sie mal, das müssen Sie sich anschauen!", und ich zeigte ihm die gerade erhaltene Email.

„Das gibt es doch nicht, aber Sie haben doch nichts Falsches geschrieben?", wir waren beide sprachlos.

Ich saß vor meinem PC und wusste nun nicht, ob ich antworten soll, beziehungsweise, was ich ihm schreiben könnte, ohne dass es wieder missverstanden wird.

Ich fuhr mit meinen restlichen Rechnungen, an denen noch etwas bemängelt wurde, fort und antwortete erst einmal nicht auf diese Email.

Kurz vor der Mittagspause schrieb ich ihm dann ganz kurz, „Sehr geehrter Herr Spörrle, vielen

Dank für Ihre Email.

Ich werde die Rechnung umgehend aufteilen und Ihnen wiederzukommen lassen.

Mit freundlichen Grüßen

Mara Kaiser <<

So, jetzt benötige ich nur jemanden, der mir das zeig. Jule und Saskia, die zwei Studentinnen wissen es sicher auch nicht. Und Herr Brinker? Ach, aber den möchte ich erst gar nicht fragen.

Also entschloss ich mich, Frau Winter anzusprechen, „Frau Winter, können Sie mir eventuell kurz erklären, wie ich dies hier aufteile?"

„Ja klar, kommen Sie einfach nach der Mittagspause kurz rein, dann schauen wir uns das zusammen an!", sagte sie, und ging in die Pause.

Was für ein Wahnsinns-Tag. Aber das ist mal wieder typisch. Da möchte man doch alles richtig mache, fragt ständig nach einer Einweisung oder Schulung, bekommt diese nicht, aber kriegt dann einen auf den Deckel, wenn kleine Fehler passieren! Ja, warum passieren denn diese Fehler? Weiß ich, dass es falsch ist? Nein, woher denn auch. Und ich glaube, das ist unsrem tollen Chef gar nicht bewusst. Womöglich ist für ihn alles selbstverständlich, da er seit Jahren hier sitzt, aber für uns?

Da mal wieder alle in die Pause gingen, entschloss ich mich, Frau Rapovic anzurufen.

„Hallo Frau Rapovic, wie geht es Ihnen?", sagte ich.

„Gut, danke, und Ihnen?", erwiderte sie.

„Ja, geht so, haben Sie kurz Zeit?", fragte ich.

Ich wusste, dass Frau Rapovic auch gerne eine rauchen geht, daher könnte ich ja diese kleine Raucherpause zu quatschen mitbenutzen.

Fünf Minuten später standen wir in unserer Raucherecke.

„Ach, Sie können sich nicht vorstellen, was heute wieder bei uns los ist!", sagte ich.

„Wieso, die Herren sind doch heute nicht da, da müsste es doch ruhiger sein?", grinste sie.

„Nein, leider nicht. Herr Spörrle hatte heute Morgen gleich Frau Winter angerufen, um einige Rechnungen zu bemängeln", erklärte ich.

„Tja, so ist es hier im Haus halt. Manche werden mit Aufgaben überschüttet, andere haben nichts zu tun!", und sie zündetete ihre Zigarette an.

„Wie ist es denn in Ihrer Abteilung?", fragte ich neugierig.

„Wissen Sie Frau Kaiser, ich mach das hier schon so lange, mich lässt mittlerweile alles kalt. Die einen brechen zusammen, die andern sind zermürbt vom Überflüssigsein", und sie schaute mich schmunzelnd an.

„So etwas verstehe ich halt auch nicht. Da gibt es Abteilungen, wie unsere, wo wir meiner Meinung nach unterbesetzt sind, und andere, wie die Abteilung Export, wo die Leute sich langweilen", erzählte ich.

„Ja gut, im Export ist es auch so eine Sache. Da sitzen auch nur Herr Weller und Frau Javas. Man muss vormittags die Ausfuhrunterlagen vorbereiten, und hat dann meist den restlichen Tag wenig zu tun", schwatzte Frau Rapovic.

„Ja, stimmt schon, ich möchte ja auch nichts Böses über andere Abteilungen hier sagen. Aber die Firma ist ja nicht gerade groß und wenn man doch sieht, dass man die Arbeitskräfte vielleicht auch wo anders einsetzten könnte, warum wird das dann nicht gemacht?", erkundigte ich mich.

„... Das kann ich nicht sagen. Hier im Haus gibt es leider zu viele wild gewordene Führungskräfte, die meinen, sie müssten uns das Fürchten lehren. Aber wie bereits erwähnt, ich bin schon viel zu lange hier, und mache das viel zu lange mit", und sie schenkte mir ein Lächeln. Ich hoffe, ich werde einmal wie Sie. So gelassen, so ruhig, und immer freundlich am Lächeln, als würde sie nichts aus der Ruhe bringen!

„Na ja, ich glaube, es ist einfach traurig mit anzusehen, wie die Tüchtigen, so wie die Faulen, einfach nur versuchen voranzukommen, aber es nicht dürfen oder können. Es werden einem viel zu viele Steine in den Weg gelegt." Sagte ich, und fertig war die Raucherpause.

„Frau Kaiser, nicht entmutigen lassen, bitte!", und wir gingen zurück an unsere Arbeitsplätze.

Zurück an meinem Platz schaute ich mir noch die restlichen Bedarfsanforderungen an. Schon erstaunlich, was wir alles für Produkte einkaufen, um unsere Antriebe fertigen zu können.

Eine halbe Stunde später spazierte auch Herr Fritsch zurück an seinen Arbeitsplatz.

„Na, was Gutes gegessen?", fragte ich.

„Geht so, wir waren nur dort beim Imbiss", sagte er. „Ah okay, habe Herrn Spörrle vor dem Mittag geantwortet, aber bis jetzt kam noch nichts zurück", sagte ich. „Ich finde es erstaunlich. Am Anfang lobte er sie so sehr. Sie seien so initiativ, flexibel und schnell. Und nun?" definierte er.

„Ich weiß auch nicht, was da los ist. Von heute auf morgen ist Herr Spörrle so anders zu mir. Hat das Unternehmen Angst vor guten Mitarbeitern? Oder ist es einfach Herr Spörrle' s Kontroll-Paranoia?", fragte ich ins Leere.

Die Zustände hier sind zum Teil echt nicht zu beschreiben, aber eines ist klar, Spaß macht die Arbeit hier keinem!

Kapitel 20

„Sag mal, hast du zugenommen?", fragt mich Sigi am Frühstückstisch.

„Na vielen Dank auch, ja, vielleicht, ich weiß nicht!", antworte ich.

„Ich meine ja nur, man sieht einfach, dass du ein bisschen schwabbeliger geworden bist", sagt er und schenkt sich noch eine Tasse Kaffee ein.

„Ich finde nicht, dass du dick aussiehst Mama", sagt mir Louisa.

Na wenigstens eine! Ja, aber er hat ja auch Recht. Ich esse leider viel zu viel nebenbei in der Arbeit. Meistens ist so viel zu tun, dass ich keine Zeit habe, eine Mittagspause zu machen. Und durch all den Stress brauche ich einfach etwas Süßes zwischendurch. Habe mir daher angewöhnt, meine Schublade immer mit Gummibärchen, Schokolade und ähnlichem zu füllen ...

„Wir können ja abends zusammen Rad fahren oder Spazierengehen", schlägt Sigi vor und steht auf.

„Mal schauen", sage ich.

Ich fühl mich einfach so unwohl gerade. Der Job ist nicht wirklich zufriedenstellend. Dann mein Aussehen. Es ist nicht mehr wie früher. Da konnte ich essen, was ich wollte und hatte bei meinen 1,70m höchstens immer 52 kg. Und nun? Nach der Geburt hat sich einfach alles geändert. Unter die 62 kg schaffe ich es gar nicht mehr, und zurzeit sind es leider eben noch mehr...

„Ach komm, Schatz, jetzt lach mal wieder ein wenig!",
muntert mich Sigi auf.

„Du, ich find mich ja selbst nicht schön zurzeit, aber was
soll ich denn machen? Wenn ich abends nach Hause
komme, bin ich zu kaputt, um noch in den Sport zu
gehen!", erkläre ich ihm.

„Ich versteh dich, absolut. Aber vielleicht könntest du
einfach die Süßigkeiten weglassen und abends nicht so
fettig kochen?", versucht er zu erläutern.

„Mama, und wenn du willst kannst du mit zum Turnen!",
sagt meine Kleine ganz lieb.

„Maus, das ist Kinderturnen, da kann deine alte Mami
nicht mit!", sage ich und küsse sie auf die Stirn.

Tja, und wieder Zeit, ins Büro zu gehen. Ein Wochenende
vergeht einfach immer viel zu schnell. Und vor allem, man
hat den halben Samstag schon damit verplempert, Wäsche
zu waschen und zu putzen.

„Also gut, komm Louisa, wir müssen los, gib Mama noch
ein Kuss, okay?", sagt Sigi und schnappt sich die
Autoschlüssel.

„Tschüss Mama, bis später", sagt Louisa und schlendert
die Treppen runter.

Ich wünschte, ich müsste heute einfach nicht ins Büro.
Oder könnte einfach später anfangen, aber nein, die tolle
Besprechung fängt ja um 9 Uhr an!

„Und, wie war ihr Wochenende?", fragt Herr Hahn
grinsend, als er in das Büro kommt.

„Ganz gut", sage ich kurz und bündig. Was soll ich ihm auch sagen?!

„Konnten Sie die Zeit etwas genießen? Das Wetter war ja gar nicht so schlecht", sagt er weiter.

„Ja danke", antworte ich.

Sobald er mit mir alleine ist, versucht er nett zu sein. Aber sorry, Freundchen, ich habe dich durchschaut!

„Und wie war Ihr Wochenende?", frage ich höflich zurück.

„Ach, wissen Sie, ich bin seit vier Uhr wach, weil sie beiden mir so viele Sorgen machen", sagt er mit ernster Stimme.

Ich schaue ihn etwas böse an und sage, „Herr Hahn, dass meinen Sie doch jetzt nicht im Ernst?"

„Doch, hier in der Abteilung ist einfach so viel zu tun und Sie und Herr Fritsch machen mir solche Sorgen. Es läuft einfach noch nicht so, wie ich es mir vorstelle", deutet er.

„Herr Hahn, vielleicht konnten Sie wegen Ihrer Frau oder Ihrer Kinder nicht schlafen, aber ganz gewiss nicht wegen uns!", sage ich etwas lauter.

„Doch, es ist einfach so viel zu tun hier!", sagt er erneut.

„Ja haben Sie sich es etwa alles so einfach vorgestellt?!", sage ich ironisch.

Und er schweigt nur. So ein Blödmann! Wer denkt er, wer er ist?!

Da es schon Zeit für unsere Besprechung mit Herrn Spörrle ist, schnappen wir uns unsere Sachen und gehen in sein Büro.

„So, ich hoffe, Sie hatten alle ein schönes Wochenende", beginnt Herr Spörrle das Meeting.

Jeder nickt.

„Da ich die nächsten zwei Wochen nicht da bin, möchte ich, dass sie sich alle täglich für fünf Minuten zusammensetzten, und mir davon immer ein Protokoll per Email zukommen lassen können. So kann ich in meinem Urlaub sehen, was bearbeitet wird, und was nicht", sagt er.

„Das kriegen wir schon hin, mach dir da keine Sorgen", sagt Herr Brinker lachend.

„Ebenso möchte ich, dass Sie, Frau Kaiser, sich um die Organisation der Weihnachtsfeier kümmern", und er schaut mich an. „In Ordnung", sage ich.

„Da wir für das Projekt TES-MART nun Servopneumatische Positioniersysteme produzieren, möchte ich, dass für die Wegmesssysteme Angebote eingeholt werden!", sagte er ausdrücklich.

„Das kann sicherlich Frau Kaiser machen", warf Herr Hahn hinzu.

Ja genau, ich kann alles, gebt mir einfach alle Aufgaben …

„Gut, dann schicken Sie mir heute Nachmittag eine Aufstellung von möglichen Lieferanten, okay?", und er schaute kurz in sein Mobilfunkgerät.

„Benötigen wir dann für die Normzylinder auch spezielle Teile?", fragte Herr Fritsch interessiert.

„Darüber reden Sie mit Herrn Hahn!", erwiderte unser Chef.

…und ich versteh nur Bahnhof! Was für ein Teil?! Hilfe! Tja, das kommt davon, wenn man wenig technisches Verständnis hat. Ich weiß nur, dass die

Anwendungsgebiete breit gefächert sind. Ob Automobilbranche, Biotech, Wassertechnik, ich glaube, wir beliefern Sie alle mit irgendwelchen Teilen oder Ventilen.

Als das Meeting zu Ende war, schnappte ich mir Herr Fritsch und fragte ihn, „Haben Sie das vorhin mitbekommen?"

„Nein, nicht so ganz, ich war da gerade am Telefon", antwortete er.

„Herr Hahn redet schon wie Herr Spörrle! Er meinte, er konnte seit vier Uhr morgens wegen uns nicht schlafen!", ich war total aufgebracht.

„Was? Der spinnt wohl", entgegnete er.

„Ja, wir würden ihm solche Sorgen machen!", sagte ich weiter, „und es wäre hier ja einfach viel zu viel zu tun!"

„Was dachte er denn? Dass er hierherkommt, einen super Deal kriegt, und nichts dafür tun muss?", er schüttelte den Kopf.

„Womöglich!", und wir liefen an unseren Arbeitsplatz.

Herr Hahn kam zwei Minuten später in das Büro, schnappte sich sein Notebook und sagte, „Ich bin dann mal im Meeting mit der Firma Share-Pneu!" „Okay, alles klar!", antwortete ich ihm.

Ist ja nichts Neues, das er ständig weg ist.

„Wenn er mal wirklich acht Stunden am Arbeitsplatz sitzen würde, anstatt ständig in Meetings oder irgendwo im Haus, würde er viel mehr geschafft kriegen!", begründete ich.

„Oh ja, da haben Sie vollkommen Recht! Er ist einfach viel zu selten am Platz, und besonders an einem Freitag sollte er mal hier sein, und etwas tun!", meinte Herr Fritsch.

„Tja, im heutigen Alltag ist das Sekundäre wohl wichtiger als alles andere!", sagte ich.

„Wie meinen Sie das jetzt?", hinterfragte mein Kollege.

„Na bei den ganzen Meetings gibt es doch sicher eine Tagesordnung, und diese ist doch bestimmt voll mit komplizierten Themen, die geklärt werden sollen", deute ich an.

„Ja und?" Herr Fritsch schaut mich an, als wäre ich ein Außerirdischer.

„Was ich sagen will, die Leute schaffen es doch dann immer wieder, beim erst besten Punkt hängen zu bleiben, blöde Fragen zu stellen und darüber dann zu diskutieren!", erkläre ich ihm.

„Stimmt, und dann will jeder seine Meinung an den Tag bringen. Und plötzlich sind ganz unwichtige Dinge wichtig, und die Wichtigen Dinge sind nach einem ganzen Tag Meeting immer noch nicht geklärt!", sagt er. „Na ja, aber was sollen wir machen. Egal. Mir ist es fast lieber, er ist nicht hier und wir können in Ruhe arbeiten!", sage ich.

„Ich bin mal gespannt, wie es dann die nächsten zwei Wochen wird, wenn Herr Spörrle nicht da ist", spielt Herr Fritsch an.

„Ist mir eigentlich fast egal, Hauptsache, wir können unsre Arbeit tun und pünktlich gehen. Ich sehe es nicht mehr ein, so lange zu bleiben!", und ich drehe mich zu meinem Bildschirm.

Der Tag heute ging wirklich super rum. Hättet ich nicht gedacht. Pünktlich um 17 Uhr verließ ich das Büro und musste mir nicht mal einen dummen Spruch anhören, da die beiden Herrschaften immer noch in Meetings steckten.

„Oh Mama, du bist schon daheim?", fragte Louisa, als ich reinkam.

„Ja, ich dachte, ich gehe heute mal pünktlich", sagte ich und legte meine Jacke ab.

„Darf ich morgen mit Jana zur Eishalle?", fragte sie.

„Geht denn Janas Mama mit?", fragte ich zurück.

„Ich glaube schon, die wollen direkt um 13 Uhr nach dem Unterricht los, darf ich bitte? Biiiitttteee?", sie schaute mich mit großen Augen an.

„Kannst du überhaupt schon richtig Schlittschuh laufen?", ich sah sie an.

„Mara, lass sie mitgehen, das wird sicher klappen", sagte Sigi.

„Okay, gut, wenn du meinst. Aber wenn irgendwas ist, rufst du an, ja?", und ich lief in die Küche.

„Noch nichts gekocht?", rief ich.

„Nein, ich dachte, wir machen heute etwas Einfaches, Leichtes. Vielleicht Fisch und etwas Salat", schlug mein Mann vor.

„Hmm … okay, ich schau mal, was wir da haben", sagte ich und öffnete den Kühlschrank.

Auf kochen hatte ich zwar nicht wirklich Lust, aber irgendwas müssen wir ja zu Abendbrot essen. Und da ich ja heute Morgen als ‚zu dick' bezeichnet wurde, tut mir der Salat sicher gut.

Kapitel 21

„Sollen wir heute Mittag mal zusammen essen gehen?",
schlage ich Herrn Fritsch vor. „Klar, gerne, wohin?", fragt
er.

„Ins Krone können wir nicht wirklich, da sitzen zu viele
von unserer Firma", sage ich.

„Und wenn wir in die Pizzeria La Villa gehen?", empfiehlt
er.

„Super, tolle Idee, da war ich schon lange nicht!", sage ich
und packe meine Jacke.

Wir stiegen in Herr Fritschs Auto und fuhren nach
Pforzheim in das von ihm vorgeschlagene Ristorante.

„Echt schön hier, und gar nicht so voll", sage ich, als wir
reinlaufen.

„Ja, das stimmt. Sollen wir da am Fenster sitzen?", fragt er.

„Okay", sage ich.

Richtig schönes Restaurant, ich frage mich, warum ich hier
nie öfters hergefahren bin? Es liegt zwar etwas außerhalb,
aber einfach nur traumhaft schön. Das Restaurant befindet
sich im Erdgeschoss einer alten Villa. Und was mir am
besten gefällt, die Tische sind nicht so eng aneinander.

„Möchten Sie vom Buffet essen oder a la Carte?", frägt die
Bedienung.

„Ich glaube, wir nehmen vom Buffet etwas, oder?", ich
schaue Herrn Fritsch an.

„Ja, doch, ich glaube auch", antwortet er.

Es war wirklich gemütlich und toll, mal eine Pause zu machen und einfach nur für eine Stunde wo anders zu sein. Natürlich unterhielten wir uns hauptsächlich über das Geschäft.

„Was ich auch schlimm an ihm finde, dass er nie pünktlich sein kann!", sage ich.

„Ja, das stimmt, und dadurch macht er seine Glaubwürdigkeit auch etwas kaputt. Das schlimme ist nur, so als Person find ich ihn ja eigentlich ganz nett!", gesteht Herr Fritsch.

„Nein, sorry, aber ich mag Herr Hahn ganz und gar nicht. Sein falsches Lächeln. Und alle Dinge, die er eigentlich als Teamleiter erledigen sollte, gibt er uns weiter!", plaudere ich laut daher.

Die Zeit verging wie im Flug und anstatt um 13 Uhr wieder am Arbeitsplatz zu sitzen, waren wir es heute, die sich etwas verspäteten.

„Ich hoffe, er sagt nichts, weil wir zu spät kommen", sagte ich im Auto.

„Ach nein, das glaube ich nicht. Wir machen ja so selten eine Pause!", meinte Herr Fritsch zuverlässig.

Als wir ins Büro kamen, war die Türe noch abgeschlossen und noch niemand da. Jetzt könnte es sein, dass Herr Hahn selbst noch zu Tisch ist, oder mal wieder in einem Meeting.

„Jetzt muss ich gleich mal schauen, ob er schon ein paar Bedarfsanforderungen freigegeben hat", sage ich und gebe mein Passwort im PC ein.

„Glaube ich nicht", lacht Herr Fritsch.

Und tatsächlich, die ganzen Bedarfsanforderungen waren immer noch im System, und das seit letztem Donnerstag.

„Na wenn er die nicht freigibt, können wir nicht bestellen", ich schaue meinen Kollegen still an.

„Ich bestell jetzt einfach!", sagt Herr Fritsch und öffnet das SAP.

„Ganz ehrlich, das würde ich nicht machen. Wir können ihm ja eine Email schreiben, und sagen, dass nun schon 14 BA's im System sind", biete ich an.

„Ja, vielleicht ist das besser, ich schreib ihm gleich", und Herr Fritsch tippte eine E-Mail ab.

Gegen 14:30 Uhr kam Herr Hahn in das Büro gestürmt, „So, also Frau Kaiser Sie rufen bitte bei Share-Pneu an und fragen, wo das Angebot bleibt. Ebenso machen Sie mir dann noch im Excel eine Aufstellung unserer Top-10 Produkte. Und Herr Fritsch, kümmern Sie sich bitte um alle nötigen Teile für das neue Projekt, okay?"

Fleißig schrieb ich mit. Dann nahm ich meinen Mut zusammen und fragte, „Herr Hahn, wie ist das mit den Bestellungen?"

Er stand da, schaute uns an, und sagte laut, „Solange ich die Bedarfsanforderungen nicht erteilt habe, wird hier nichts bestellt!"

Und er ging wieder aus dem Büro.

„Gut, jetzt haben wir es gehört, und ich schreibe mir es gleich auf!", sagte ich.

Also rief ich bei der Firma Share-Pneu an, wie von mir verlangt.

„Guten Tag, Mara Kaiser hier, kann ich bitte mit Herrn Vedante sprechen?", und ich schaute aus dem Fenster. „Ja gerne, einen kleinen Augenblick bitte", sagte die nette Dame.

„Danke", erwiderte ich kurz.

„Vedante, Hallo?", erklang eine nette männliche Stimme.

„Ja Kaiser hier, hallo. Mein Chef, Herr Hahn, bittet um das Angebot für Magnetventile", sagte ich.

„Ich habe ihm alle Unterlagen bereits per Email zukommen lassen. Aber ich bin sowieso in der Nähe, gerne komme ich nachher kurz bei Ihnen vorbei", bot er an.

„Ja super, danke, dann bis später!", und ich legte auf.

Na das ging ja einfach. Wenn doch alle so nett und freundlich wären, wenn es um Anfragen ginge… Um 16 Uhr stand er da, dieser nette, junge Mann. Wow. Manchmal wünschte ich mir, ich sei Single. Sorry. Aber dieser Mann… !

„Frau Kaiser?", er schaute mir tief in die Augen.

„Ähm, ja, genau!", sagte ich verlegen.

Na klasse, gerade heute. Und wie ich wieder aussehe? Ich muss wirklich beginnen, etwas abzuspecken. So geht das nicht weiter. Und vor allem, wenn ich mit Kunden zu tun habe. Ich habe mich viel zu sehr gehen lassen!

„Sollen wir uns kurz setzen, dann erkläre ich ihnen die angebotenen Positionen", und er zeigte auf die Besucher – Ecke unseres Empfangs.

„Okay", sagte ich und folgte ihm.

„Also, das hier ist der Catridgeventil, und dass hier das gewünschte Magnetventil. Aber alle Ventile können mit einer Nennspannung von 12 V betrieben werden", definierte er.

Wenn er nur wüsste, dass ich null Ahnung davon habe.

„Okay, verstehe", sagte ich.

„Werden auch 3/2 Wege Proportional-Druckregelventile bei Ihnen verwendet?", er schaute mich wieder an, tief in meine Augen.

Ich verstummte.

„Frau Kaiser?", fragte er.

„Oh, Entschuldigung, ich war mit den Gedanken wo anders. Das kann ich ihnen gar nicht genau sagen, da müssten Sie Herrn Hahn fragen", gab ich als Antwort.

„Gut, dann versuche ich, ihn später anzurufen", und er lächelte.

„Kommen Sie hier aus der Gegend?", fragte ich ihn.

„Ja, aus Tiefenbronn", sagte er.

„Ah, wirklich? Das ist ja interessant", plauderte ich.

„Und sind Sie schon lange dabei?", fragte er.

„Nein, noch nicht so lange, ich glaube, es sind jetzt dann genau sechs Monate", und ich grinste ihn verlegen an. „Ist doch toll. Ich hoffe, Ihnen macht der Job Spaß!", und er packte seine Sachen wieder zusammen.

„Es geht", sagte ich.

„Na gut, hat mich gefreut, ich muss weiter. Der nächste Termin ruft", und er schüttelte meine Hand.

Ich verabschiedete mich und ging in unser Büro zurück.

„Julio Vedante", sagte ich leise.

Ich schätze ihn auf Ende zwanzig. Bestimmt ein Spanier. Und einen Ring habe ich keinen an seinem Finger gesehen. Aber gut, was bringt es, darüber nachzudenken? Seit acht Jahren bin ich verheiratet… und Dunkelhaarige sind doch gar nicht mein Typ?

„Wie lief es?" Herr Fritsch störte meinen Gedankengang.

„Gut, habe das Angebot. Und die Firma bietet und sogar noch mehr Produkte an", sagte ich.

„Super", antwortete er.

Ich schaltete meinen PC aus, und ging an die Bushaltestelle.

Aber meine Gedanken waren immer noch bei diesem Mann. So ging es mir schon lange nicht mehr. Ich meine, was will ich denn? Ich bin doch glücklich verheiratet, warum denke ich gerade an einen anderen Mann? Und dazu noch einen, den ich gar nicht kenne? Mara, Schluss, hör auf!

Aber wenn ihr ihn nur sehen könntet, wie er da stand… wie dieser portugiesische Fußballspieler. Wie heißt er noch mal? Rolando? Ronaldo? Irgendwie so.

An der Schule stehend kam mir dann schon mein blonder Wonneproppen entgegen. Aber nicht lächelnd, sondern eher bedrückt.

„Hey, was ist denn los?", fragte ich.

„Ich bin heute auf dem Schulhof ausgerutscht und jetzt tut mir mein Knie weh", schluchzte sie.

„Ach Louisa, komm, erst einmal gehen wir nach Hause, und dann schauen wir uns dein Knie an, ja?", und ich nahm sie an die Hand.

„Kann uns Papa nicht abholen?", fragte sie.

„Du, er arbeitet noch. Wir laufen jetzt ganz langsam, ich nehme auch deine Schultasche, und zu Hause machen wir eine Heilsalbe drauf, ja?", und ich versuchte, sie etwas zu trösten.

Kapitel 22

„Hast du eigentlich über Weihnachten frei?", fragt Fiona.

„Nein, leider nicht. Aber ich werde mir die Woche vor Weihnachten frei nehmen", antworte ich.

„Aha okay, und sonst, wie läuft es denn so?", fragt sie weiter.

„Na ja, viel geändert hat sich nicht. Und Herr Hahn, der Neue, ist auch nicht gerade das Gelbe vom Ei", sage ich und schenke uns einen Kaffee ein.

Es ist Sonntag, und meine Schwester und ihr Mann sind zu Besuch.

„Vielleicht nimmst du alles zu Ernst. Seh es einfach ein bisschen lockerer", sagt sie aufmunternd.

„Ja, vielleicht. Aber trotzdem, die Dinge, die da abgehen, sind doch einfach nicht normal. Weißt du? Diese zwei Wochen ist Herr Spörrle nicht da. Am Montag bat Herr Hahn mich, ein Angebot einzuholen. Habe ich sofort am selben Tag erledigt. Und was sagt er in der Besprechung vor allen Leuten am nächsten Tag?", ich schaue meine Schwester an, „Da sagt er doch tatsächlich ‚*Wenn ich Ihnen sage, ich brauche das Angebot in diesen zwei Wochen, heißt das nicht, dass Sie das gleichmachen müssen*‘!"

„Also das verstehe ich jetzt auch nicht. Warum ist er denn nicht froh, dass du die Dinge gleich erledigst?" Fiona schüttelt den Kopf.

„Siehst du! Und so geht das die ganze Zeit. Egal was man macht, es ist sowieso falsch!", sage ich betrübt.

„Ach Mensch, ich wünschte, ich könnt dir irgendwie helfen. Was sagt denn Sigi so dazu?", erkundigt sie sich. Ich stehe auf, und nehme unsere Tassen, dann sage ich „Nicht viel. Weißt, ich will ihn auch nicht die ganze Zeit mit den Sachen nerven. Reicht ja, dass er mir schon so viel mit Louisa und hier im Haushalt hilft!"

„Blöde Situation", sagt meine Schwester.

„So ist es halt. Aber sag ihm nichts, wenn sie gleich alle vom Spazieren gehen kommen, okay?", bitte ich sie. „Ja, klar. Warum auch. Wie sehen es denn die anderen Kollegen?", hinterfragt meine Schwester.

„Du, ich habe das Gefühl, es traut sich keiner etwas zu sagen. Die meisten sind ja so um die 50 Jahre alt oder so. Ich glaube einfach, die haben Angst, ihren Job in der heutigen Zeit zu verlieren", erkläre ich.

„Ja und dein Kollege? Der ist doch noch gar nicht so lange mit dabei?" Fiona sieht mich mit großen Augen an. „Herr Fritsch? Der hat auch nur einfach Furcht. Er traut sich gar nichts anzusprechen. Manchmal tut er mir echt leid", erzähle ich.

Fiona geht mit mir in die Küche, aber schweigt. Was soll sie auch großartiges sagen. Es ist einfach eine komische Situation. Und ich hätte niemals geglaubt, es würde sich alles so entwickeln. Gut, okay, ich habe noch nicht wirklich viel Arbeitserfahrung. Aber trotz allem, ich war so froh, diesen Job zu haben, und war so motiviert. Und wenn ich meine Schwester ansehe, ich habe das Gefühlt sie bezieht aus ihrer Tätigkeit richtige Lebensenergie, Wissen,

Anerkennung und vielleicht sogar etwas Stolz. Leider läuft es bei uns in der Firma nicht so.

„Hast du schon darüber nachgedacht, die wo anders zu bewerben?", hakt Fiona nach.

„Ich wollte ein Jahr in dieser Position bleiben, bevor ich wieder wechsle, wie sieht sonst mein Lebenslauf aus?", begründe ich.

„Wäre vernünftig, aber wenn es dir doch absolut kein Spaß macht? Immerhin verbringst du einen beträchtlichen Anteil deines Lebens in der Firma. Da solltest du dir schon Gedanken machen, was du machst, oder was du willst", erwähnt meine Schwester.

„Es ist halt auch so, dass ich eigentlich echt nicht schlecht verdiene, weißt du. Und man gewöhnt sich so leicht daran", grinse ich.

„Oh Schwesterchen, also bitte. Du gibst doch eh kaum Geld für dich aus. Das investiert ihr in Louisa! Und warum eigentlich kein zweites Kind?", fragt sie.

„Ich weiß es nicht, ich glaube, mittlerweile ist der Abstand auch zu groß, weißt du", und ich schaue aus dem Fenster. Kinderkriegen – darüber will ich jetzt gar nicht reden. Gott sei Dank kommen genau in diesem Augenblick Sigi, Gianluca und Louisa zurück.

„Tanti, guck mal!" Louisa kommt mit ein paar Kastanien in der Hand in die Küche.

„Ja toll, super, wo hast du die denn gefunden?", fragt Fiona interessiert.

„Da hinten bei den Bäumen, da gibt es ganz viele!", sagt sie strahlend.

„Habt ihr schon Kaffee getrunken?", fragt Sigi mich und gibt mir einen Kuss.

„Ja, gerade eben, aber nur eine Tasse. Ich kann gern noch mehr machen, wenn ihr wollt", schlage ich vor.

„Okay!", ruft Gianluca vom Wohnzimmer.

Ich finde es toll, dass sich die beiden so verstehen. Wirklich. Irgendwie muss ich nur schauen, dass ich mich für einen Augenblick auch noch auf den Balkon schleiche, heute habe ich noch gar nicht geraucht! Ja richtig, vor lauter quatschen, kochen, Kaffee trinken…

„Mama, basteln wir etwas mit den Kastanien?", fragt mich die Kleine.

„Du, etwas später, ja?", sage ich ihr.

„Kann ich etwas von der Schokolade haben?", fragt sie.

„Aber nur ein kleines Stückchen", antworte ich ihr.

„Wie geht es eigentlich deinem Hasen?", fragt Fiona.

„Der wird immer dicker!", lacht Louisa.

„Vielleicht gibst du ihm zu viel Futter? Oder zu wenig Auslauf? Oder beides!", kichert meine Schwester.

„Sollen wir ihn rauslassen?", fragt Louisa an.

„Ich weiß nicht, auf dem Balkon ist es zu kalt, und hier im Wohnzimmer… wenn, dann nur für ein paar Minuten, ja?", sage ich ernst.

„Ach komm schon Mara, wir sind doch alle da, da wird doch schon nichts passieren!", stupst Fiona mich an.

Ja ja… wenn ihr alle wüsstet, wie es hier schon wegen diesem Hasen aussah! Ihr müsst ja nachher nicht die Böbbelchen aufheben!

„Komm Mara, setzt dich doch zu uns", fordert mich Gianluca auf.

„Gleich, ich warte nur noch, bis der Kaffee durchgelaufen ist", sage ich.

Ich nehme die Kanne und laufe ins Wohnzimmer.

„Wie ist er eigentlich so, der Neue?", fragt Gianluca.

„Schwer zu sagen. Er ist kaum am Platz, hat einen sehr bestimmten Ton, eher so befehlsmäßig", sage ich ihm.

„Oh je, hört sich ja nicht so berauschend an. War der alte besser?", möchte er wissen.

„Ja doch, auf jeden Fall. Es war anders. Herr Müller hatte uns sehr viel unterstützt. Er war immer nett, immer cool drauf, hatte auch immer ein Lächeln parat. Er hat sich um alle Verträge gekümmert, da mussten wir gar nichts machen. Und jetzt…?", berichte ich.

„Problem ist halt auch, dass ein Vorgesetzter ja auch Zeit braucht, um gute Resultate zu erbringen. Aber bis er dann mal die richtigen Ziele erreicht hat, wird er schon wieder ausgewechselt", teilt mein Schwager mit. „So könnte man es auch nennen", lache ich.

„Aber es ist doch so. Überleg mal, auch wenn er bis vor ein paar Wochen noch auf dem Stuhl saß, das gute Ergebnis wird dem Neuen zugeworfen und der kassiert dafür dann einen kleinen Tick Vertrauensvorschuss. Dadurch bekommt der dann einen Freischein oder hat einfach mehr Zeit, die Dinge anzupacken." Gianluca schaut mich an, und nickt.

Recht hat er, leider.

Kapitel 23

„Schon 29?", sage ich erschrocken.

„Seit über einer Woche keine einzige Bedarfsanforderung freigegeben, ich glaube es ja nicht!", schwatzt Hr. Fritsch.

„Sollen wir erneut eine Email schreiben?", frage ich.

„Ja, ich mache das, aber dieses Mal nehme ich Herrn Spörrle in Kopie, und setzte die E-Mail auf *wichtig*", und er sendet die E-Mail ab.

„Am Dienstag ist ja die Weihnachtsfeier, ich bin echt gespannt, wie es wird!", zweifle ich an.

„Ach, das wird bestimmt lustig. Und Sie haben ja auch eine tolle Location dafür ausgewählt", lobt mich mein Kollege.

„Dankeschön", antworte ich.

Vielleicht wird es nicht jedem zusagen, aber unsere Weihnachtsfeier wird in der Eishalle stattfinden. Insgesamt werden wir 54 Personen sein. Die vom Vertrieb, ein Teil von der Produktion, und wir vom Einkauf. Bin echt neugierig, was mein Chef dazu sagen wird. Die Halle haben wir an dem Abend nur für uns.

„Wurden Sie eben von Herr Hahn auch zu einem Termin eingeladen?", frage ich plötzlich.

„Nein, wieso?" Herr Fritsch schaut rüber.

„Ich habe für Freitag einen Termin", sage ich.

„Vielleicht das Mitarbeitergespräch nach der Probezeit? Ist es schon so weit?", wundert sich Herr Fritsch.

„Weiß nicht, womöglich", sage ich verdutzt.

Vor allen, was sage ich? Soll ich offen und ehrlich sagen, wie es mir hier gefällt? Und vor allem, was denken die eigentlich von mir?!

Eine halbe Stunde später rief Frau Pauker an, Louisas Lehrerein.

„Kaiser, hallo?", sage ich erschrocken.

„Frau Kaiser, ich glaube, Louisa hat Fieber. Sie sollten Sie lieber abholen", sagt die Lehrerin.

„Ist in Ordnung, in einer halben Stunde werde ich da sein", antworte ich.

Just in diesem Augenblick kam Herr Hahn ins Büro.

„Herr Hahn, ich muss leider gehen", sage ich ihm.

„Wie? Es ist doch erst 10 Uhr!", sagt er bestimmt. „Ja, ich weiß, aber die Schule hat eben angerufen, und Louisa geht es wohl nicht so gut", erläutere ich ihm. „Na gut, aber danach kommen Sie wieder, ja? Hier ist viel zu tun!", sagt er.

„Danach?", hinterfrage ich.

„Gehen Sie mit ihr zum Arzt, und danach können Sie ja nochmals in Büro kommen", sagt er erneut.

Also das habe ich ja noch nie gehört! Da hat man ein krankes Kind, und der Mann möchte, dass ich sie alleine lasse und nochmals zur Arbeit komme? Ich antwortete nicht und ging zum Bus.

Was soll ich jetzt tun? Vielleicht sind die Nachbarn von gegenüber auch schon da, dann könnte ich Louisa nachmittags noch etwas alleine lassen.

Eine Stunde später beim Arzt erfahre ich, dass die Kleine sich einen Virus eingefangen hat. Na super, gerade jetzt! Morgen habe ich mein Gespräch mit Herrn Hahn, und nächsten Dienstag ist unsere Weihnachtsfeier. Ich kann jetzt unmöglich zu Hause bleiben!

„Sigi", sage ich am Telefon.

„Ja? Was ist denn los?", entgegnet er.

„Louisa ist krank und muss erst einmal heute und morgen zu Hause bleiben", erläutre ich ihm.

„Hast du mit deinem Chef darüber geredet, damit du ein paar Tage frei kriegst?", fragt er.

„Das ist es ja, ich muss nachher sogar noch einmal ins Büro, es ist im Moment sehr viel zu tun wegen diesem einen Projekt", versuche ich ihm zu erklären.

„Das kann doch nicht sein Ernst sein? Hat er keine eigenen Kinder?", schimpft mein Mann laut.

„Schatz, das weiß ich nicht, was machen wir denn jetzt?", frage ich ahnungslos.

„Mach dir keine Sorgen, ich rufe mal meine Eltern an, vielleicht können die ja kurzfristig kommen!", bietet er an.

„Nein, komm, das will ich nicht! Diese ganze Strecke, extra hierherzufahren, nur wegen Louisa?", ich bin mir nicht sicher, ob das gut ist, oder nicht. Aber haben wir eine andere Wahl?

Gott sei Dank kamen meine Schwiegereltern noch am selben Abend, besser gesagt, in der Nacht an.

Ich musste tatsächlich noch zurück ins Büro und kam erst gegen 19 Uhr wieder zurück. Wenn man das jemand erzählen würde, da würden die doch nur mit dem Kopf schütteln.

Aber morgen heißt es erst einmal Mitarbeitergespräch.

„Wann hast du dein Gespräch?", fragte mich Sigi am Frühstückstisch.

„Erst um 13 Uhr", sagte ich.

„Ich bleibe noch etwas, bis meine Mutter aufgestanden ist", sagte er und gab mir einen Kuss.

„Okay, ist in Ordnung, ich rufe hier an, sobald ich von der Arbeit loskomme", und ich holte meine Jacke.

In der Arbeit war es relativ entspannt. Ich muss zugeben, ich hatte auch nicht den Kopf dafür, mich hier in alles so intensiv ein zudenken. Ich wollte nur das Gespräch hinter mich bringen, und nach Hause fahren.

„Haben Sie nicht jetzt ihr Gespräch?" Herr Fritsch schaut auf die Uhr.

„Doch, jetzt um 13 Uhr!" sage ich.

Aber das ist ja mal wieder typisch. Habe noch nie gesehen, dass Herr Hahn seinen Termin pünktlich wahrnimmt.

13:10 Uhr klingelt mein Telefon.

„Frau Kaiser, wie lange wollen Sie denn heute bleiben?", fragt mich Herr Hahn.

„Eigentlich bis 15 Uhr, spätestens", erzähle ich.

„Gut, dann verschieben wir unser Meeting auf 15:30 Uhr. Ich habe gerade Wichtigeres zu tun", und er legt auf.

Total perplex schaue ich auf das Telefon.

„Was ist los?", fragt Herr Fritsch.

„Das war gerade Herr Hahn, er hat etwas *Besseres* zu tun und verschiebt das Meeting", sage ich total verblüfft.

„Etwas Besseres? Aber er hat doch den Termin angesetzt? Richtig?", er schaut mich an.

„Ja, richtig. Und ich habe ihm gerade extra gesagt, dass ich spätestens um 15 Uhr gehen möchte, und er setzt den Termin neu um 15:30 Uhr an, das gibt's doch nicht!", sage ich laut und wähle die Nummer von zu Hause. Meine Schwiegermutter hat Gott sei Dank Verständnis, dass ich nun doch etwas später nach Hause komme. Aber in Ordnung finde ich das nicht. Absolut nicht! Um 15:00 verabschiedete sich Herr Fritsch in das Wochenende und nun saß ich da und wartete.

15:30 Uhr, nichts.

Ich schaute rüber, in den Flur, zur Teeküche, nichts.

15:45 Uhr kam endlich Herr Hahn reingestürmt, „Entschuldigung, so, jetzt können wir loslegen!"

„Erst einmal, ich hasse warten. Und ich hasse Unpünktlichkeit!", sage ich ihm vollen Ernstes.

„Okay, das werde ich mir merken", und er schlägt sein Notizbuch auf. „Sagen Sie Frau Kaiser, können Sie mir erzählen, was Sie bisher beruflich gemacht haben?"

„Gerne, nach der Geburt unserer Tochter war ich vier Jahre zu Hause und habe dann Teilzeit im Kundenservice bei Alda Fast gearbeitet. Dort war ich fast zwei Jahre und war dann wieder etwas zu Hause. Zuletzt habe ich noch bei einer Firma in der Exportabteilung gearbeitet", erkläre ich ihm.

„Gut, sehr schön, und wie gefällt es Ihnen hier?", fragt er.

„Ehrlich gesagt, im Moment gefällt es mir gar nicht", sage ich.

Er schaut mich bestürzt an.

„Die Art und Weise, wie hier mit einem umgegangen wird, ist nicht schön. Absolut respektlos."

Herr Hahn öffnet seinen Mund, schließt ihn aber wieder, ohne etwas zu sagen oder zu fragen.

„Es kann doch nicht sein, dass wir uns hier so den Arsch aufreißen, von morgens 6 oder 7 Uhr bis abends 18 oder 19 Uhr arbeiten, und dann noch blöd angemacht werden? Kein Danke, kein nichts. Dann dürfen wir uns noch anhören, dass wir nur Fehler machen würden, und wenn das so weitergeht, dann fliegen wir!", sage ich ohne Pause.

„Wer hat das gesagt?", er schaut mich an.

„Na Herr Spörrle in dem einen Meeting, vor lauter Leute. Und ganz ehrlich, das finde ich nicht okay. Ich will doch hier nicht sitzen, und jeden Tag Angst haben, dass ich gekündigt werde? Nein, das geht zu weit. Ebenso wurde mir damals versprochen, dass ich nach ein paar Monaten mehr Geld bekomme. Und was wird mir gesagt? Ich sei zwar quantitativ gut, aber nicht qualitativ! Ist das eine Motivation? Nein! Warum wird man denn hier nicht unterstützt? Oder warum wird einem nicht geholfen, wenn man um eine Schulung bittet?", ich gebe Herrn Hahn nicht Zeit, etwas zu sagen.

Meine Knie zittern, und ich bin total aufgewühlt. So, jetzt ist es alles raus.

„Des Weiteren, wie kann es sein, dass Herrn Fritsch ständig in Meetings schlechtgemacht wird? Das geht doch nicht! Man kriegt hier so eine Wut, da brauch sich Herr Spörrle nicht wundern, wenn irgendwann jemand mit einer Knarre hier reinläuft, und sie alle abschießt!", sage ich euphorisch.

Okay, dass hätte ich vielleicht nicht sagen dürfen, aber es ging einfach über mich…

„Und ganz ehrlich Herr Hahn, ich bin nicht die Einzige, die so denkt! Hier gibt es viele, die unzufrieden sind, sich aber nicht trauen, etwas zu sagen! Und ich weiß von zwei Personen, dass diese sogar schon zum Betriebsrat gegangen sind! Ich sage Ihnen ganz ehrlich, würde ich etwas

Besseres finden, würde ich sofort gehen!"

Herr Hahn sitzt nur da, total blass, und schreibt mit.

Damit hat er sicherlich nicht gerechnet, garantiert nicht.

„Frau Kaiser, ich finde es gut, dass Sie so ehrlich mit mir reden. Aber ich habe Sie als fleißige Mitarbeiterin kennengelernt, und ich würde es als sehr schade empfinden, wenn Sie die Firma verlassen würden", wirft er ein.

„Danke, aber was bringt mir das? Es kann doch nicht sein, dass wir nach einer Schulung fragen, diese nicht bekommen, dann aber ständig kritisiert werden, dass wir nicht gut arbeiten würden? Das widerspricht sich doch!

Und warum behandelt Herr Spörrle seine liebe Frau Winter nicht so?!", sage ich boshaft.

„Das weiß ich nicht", antwortet er kurz und knapp.

„Das kann ich Ihnen sagen, denn dann würde er endgültig sein Gesicht verlieren! Wie schaut es denn aus, wenn sogar die Sekretärin vor dem Chef wegrennt und alles hinschmeißt? Ich glaube, dass kann er sich nicht leisten!", gebe ich ihm als Begründung.

„Was kann ich denn tun, damit es besser wird?", fragt mich Herr Hahn.

„Werden Sie nicht so wie Herr Spörrle!", sage ich ihm.

„Habe ich denn Ansätze?", grinst er.

„Ja, ganz ehrlich, ja. Sie sind so wie sein zweites Sprachohr und haben wirklich die Tendenz, auch so bestimmend zu reden. Lassen Sie das bloß bleiben!", warne ich ihn. „Gut, ich werde mich bemühen. Was kann ich denn sonst noch für Sie tun? Was fehlt ihnen denn in ihrer jetzigen Position? Ich kann Sie auch etwas mehr einbinden. Dann hätten Sie mehr Kundenkontakt", schlägt er vor.

Ich sage nichts und nicke nur.

So schnell sind zwei Stunden noch nie rumgegangen! Wow! Aber ich bin erleichtert. Warum soll ich auch ein Blatt vor dem Mund nehmen, wozu? Damit es hier so weiterläuft, als wäre nichts gewesen? Und einer nach dem anderen diese Abteilung verlässt oder sich den Frust hineinfrisst?!

Kapitel 24

„Super, super!", sagt Herr Spörrle erneut.

Er reicht mir die Unterschriftenmappe und sagt „Great Job!"

Bitte was?

Er geht aus dem Büro und ich schaue Herrn Fritsch an.

„Was war das denn?", frage ich ihn.

„Ich weiß es nicht", er schaut mich verdutzt zurück. „So habe ich ihn ja schon lange nicht mehr erlebt, so nett", erkläre ich.

Ein bisschen später in der Besprechung sitzt Herr Spörrle da, grinst, zwinkert mir zu, und ich verstehe die Welt nicht mehr.

„Also gut, was gibt es sonst noch?", fragt er in die Runde.

„Du scheinst ja heut richtig gut drauf zu sein", kichert Herr Brinker.

„Ja, ich bin jetzt so richtig entspannt. Eigentlich sollte ich jetzt noch eine Woche zu Hause bleiben", witzelt er.

„Kannst du gerne, es hat alles gut geklappt", lügt Herr Hahn.

Ja ja, von wegen. Wir haben gute zwei Wochen darauf gewartet, dass unsere Bedarfsanforderungen freigegeben wurden!

„Herr Fritsch und Frau Kaiser, kommen Sie nachher kurz in mein Büro?", fragt er am Ende der Besprechung.

„Ja, klar", sagt Herr Fritsch.

Auf dem Weg in unser Büro sehen wir uns an, und schütteln beide mit dem Kopf. Ist das jetzt gut oder schlecht?

Eine viertel Stunde später sitzen wir an seinem PC. „Rücken Sie mal näher, sonst sehen Sie ja gar nichts!", fordert er uns auf.

Herr Fritsch und ich sitzen ganz nah und starren in seinen Bildschirm.

„So, was halten Sie hier von meiner Vorlage", und er zeigt auf ein Word-Dokument.

„Ja, gut", sage ich.

„Doch, ich glaube, dass passt", preist Herr Fritsch.

„Gut, dann werde ich das so drucken lassen", sagt er. Wir laufen wieder aus seinem Büro und sind immer noch sprachlos. Total perplex.

„So ruhig, so gelassen, was ist da los?", murmele ich. „Ist nur die Frage, wie lange das anhält…", gluckst Herr Fritsch.

Herr Hahn ist wie immer den ganzen Tag in irgendwelchen Meetings. Und Herr Fritsch und ich sind am Bestellungen abtippen.

„Now or never, wer geht mit zum Lunch?" Herr Spörrle öffnet die Türe.

„Nein danke, ich bleib hier", antworte ich.

„Halt, ich komme!", ruft Herr Fritsch und eilt hinterher. Eine Weile später kommt Herr Hahn in das Büro, „Sind die schon zum Mittag?"

„Ja, aber schon seit 12 Uhr", antworte ich ihm.

„Ah okay, dann schaue ich mal, wer mit mir mitgeht", und er verlässt wieder unser Büro.

Jetzt fehlt ja nur noch, dass Herr Hahn plötzlich auch ganz nett wird und sich ändert, aber das bezweifle ich.

Per Email kommt eine Nachricht von Herrn Spörrle:
>> Frau Kaiser, bitte kümmern Sie sich noch um ein Angebot über kolbenstangenlose Zylinder, Danke. <<
Sitzt der nicht gerade beim Mittag?!

Ich antworte ihm, >> Sehr geehrter Herr Spörrle, mache ich gleich. <<

Da kommt doch tatsächlich >> Danke, auf Sie kann ich mich wenigstens verlassen. << zurück!

Hä? Was? Wie ist der denn plötzlich drauf? Erst schimpft er, ich würde nicht gewissenhaft arbeiten, und jetzt so etwas?

Na warte, >> Herr Spörrle, ich glaube, dass druck ich mir aus und hänge es an die Wand! <<, antworte ich frech. >> Aber Frau Kaiser, so etwas sage ich doch immer. << schreibt er wieder.

Nein, ich wünschte, solche Sätze wären öfters gekommen. Die Frage ist halt nur, wie lange hält diese Freundlichkeit an? Wie lange ist er nett und aufmerksam und schenkt einem etwas Wertschätzung?

Als Herr Fritsch wieder am Platz ist, zeige ich ihm die Emails.

„Da sag ich nichts mehr zu", lacht er.

„Tja, ich weiß auch nicht, diese Email hebe ich mir auf jeden Fall gut auf!", sage ich und verschiebe die E-Mail gleich in einen separaten Ordner.

„Hoffentlich ist er morgen an der Weihnachtsfeier auch so gut gelaunt, dann wird es sicherlich lustig!" äußert Herr Fritsch.

„Stimmt!", sage ich und hoffe, dass meine Planung und Organisation auch genug war. Schließlich war es das erste Mal, dass ich so etwas für eine Firma gemacht habe. Am nächsten Abend auf der Weihnachtsfeier stehen wir alle zusammen, Herr Spörrle erhebt ein Glas und sagt, „Vielen Dank, dass Sie heute alle gekommen sind. Danke, für die tolle Performance, die sie alle über das ganze Jahr geleistet haben, auch wenn es ein paar entschuldbare Schwächen gab. Aber insgesamt haben wir wieder einmal auf ganzer Strecke überzeugen können. Nun freuen wir uns alle – aber doch auch jeder für sich ganz eigen – auf die kommenden Tage. Lasst uns zur Besinnung kommen und abschalten."

Er schaut in die Runde, ob auch alle zuhören und aufmerksam sind, dann sagt er weiter: „Ich möchte an dieser Stelle – in unserem kleinen Kreise - noch einmal ganz deutlich Danke sagen. Der Dank gebührt jedem Einzelnen in dieser Runde. Vielen Dank für Eure herausragende Leistung. Jede Kette ist bekanntlich nur so stark wie ihr schwächstes Glied. Ich habe in letzter Zeit in dieser Runde sehr viel Stärke erlebt. Die zeichnet sich bei uns dadurch aus, dass wir gemeinsam Begeisterung entfachen können. "Begeisterung", im wahrsten Sinne des Wortes: Wir lassen uns vom Teamgeist mitreißen – eben "begeistern"."

Bitte was? Woher hat er denn diesen Scheiß? Was denn für ein Teamgeist? Es gibt eher ein Gegeneinander, anstatt ein Miteinander!

Er nimmt einen Schluck Wasser, holt tief Luft, und fährt seine Rede fort, „Einer meiner Wünsche für das kommende Jahr ist es, diesen so besonderen Geist weiter aufrecht zu erhalten. Ich werde von meiner Seite aus alles dafür tun. Und ich bin mir sicher, dass wir so weitermachen können. Vor vermeintlich schwierigeren Zeiten brauchen wir uns nicht zu fürchten! Ich wünsche Ihnen für die kommenden Tage von ganzem Herzen alles Gute. Verbringen Sie eine schöne Zeit im Kreise Ihrer Liebsten. Sammeln Sie dort Begeisterung. Genießen Sie Ruhe im Kreise der Familie. Diese innere Kraft ist es, die Sie auch in schwierigen Situationen stärkt. Arbeit ist wichtig. Uns allen hier. Aber wir wissen alle, dass Arbeit nicht das Wichtigste ist.“

Ich stupse Frau Rapovic an, die neben mir steht, und sage „Wenn er doch weiß, dass Arbeit nicht das Wichtigste ist, warum lassen die Herren uns dann so viel schuften?“

Sie fängt an zu kichern, und antwortet „Tja, die Herren haben auch jede Woche ein langes Wochenende, um genügend Zeit mit der Familie verbringen zu können.“

Nein, die Rede ist noch nicht vorbei. Ein kleines Räuspern, ein wenig Getuschel und ein hoffentlich letzter Satz folgt.

„Insofern: Vielen Dank noch einmal für Ihren Einsatz. Legen Sie den Stress der Arbeit einfach ab, legen Sie einige Kilos zu. Ich freue mich schon jetzt, mit Ihnen gemeinsam in ein weiteres gutes Jahr zu starten! Und wenn Sie sich gestern gewundert haben, warum ich so gut gelaunt war, ich habe mit meiner Frau am Wochenende zusammen für jeden hier einen Likör gemacht. Und natürlich mussten wir auch immer wieder probieren." „Oh, wie aufmerksam", schwatzt Frau Rapovic. Herr Spörrle reicht uns jeden eine kleine Flasche mit Birnenlikör. Eigentlich echt nett, hätte ich nicht erwartet. Der Abend verlief super entspannt. Nach dem Essen gingen wir ein wenig auf das Eis. Meine Güte... das habe ich schon lange nicht mehr gemacht! Wie das wohl ausgesehen haben muss?

„Huch", sage ich, als ich wackelig auf meinen Beinen auf dem Eis schliddere.

„Halt, nicht so schnell", ruft Frau Rapovic von hinten.

Finde ich ganz toll, dass sie da mitmacht. Ich meine, sie ist ja auch nicht gerade die Jüngste!

„Herr Fritsch, auf! Wo bleiben Sie denn?", ich versuche, ihn zu ermutigen, auf das Eis zu kommen.

„Ich bin mir nicht so ganz sicher, ob ich das wirklich will", er schaut skeptisch.

„Ach kommen Sie, nur für ein paar Runden!", und ich zerre ihn aufs Eis.

„Ob Herr Spörrle auch Schlittschuh fährt?", fragt mich Frau Rapovic.

„Ich glaube nicht", sage ich.

Und es war auch so. Nicht jeder fuhr Schlittschuh, und die ersten gingen bereits gegen 22:00 Uhr nach Hause.

Trotz allem hoffe ich, dass jeder ein wenig Spaß hatte!

Kapitel 25

„Mami, nächste Woche hast du frei, gel?", fragt Louisa mich abends auf der Couch.

„Ja Schatz, dann kann ich dich immer gleich um 13 Uhr von der Schule holen und wir machen ganz viel zusammen, ja?", biete ich ihr an.

„Ja!!", jubelt sie und kuschelt sich an mich.

„Ihr könnt ja ein paar Weihnachtsgeschenke kaufen gehen", kichert Sigi.

„Krieg ich das Barby-Traumhaus?", fragt Louisa aufgeregt.

„Du, ich weiß nicht, ob du brav dieses Jahr warst, wenn ja, dann wird dir das Christkind schon etwas Schönes bringen!", sage ich ihr. „Aber jetzt wird es erst einmal Zeit, schlafen zu gehen, okay?"

„Muss ich jetzt schon? Wirklich? Kann ich nicht noch ein bisschen bei euch bleiben?", und sie schaut uns mit großen Äugelchen an.

„Na na, das gibt's nicht. Auf, geh schlafen!", sagt Sigi und schubst sie ein wenig.

„Mann Papa, du bist gemein!", sagt sie und trottet vor sich hin.

„Ja ich weiß, wir sind gemein", lacht er.

„Oh bist du mies", sage ich.

Aber es hat geholfen, sie ging ins Bett. Morgen ist ja Gott sei Dank schon Freitag, man bin ich froh.

„Wie war eigentlich vor einer Woche dein Gespräch mit Herr Hahn? Du hast mir nie etwas davon erzählt?", fragt

Sigi.

„Ein relativ offenes Gespräch. Habe ihm alles an den Kopf geknallt, was ich sagen wollte. Ich glaube, er war ziemlich baff danach!", erzähle ich.

„Wirklich? Hast du keine Bedenken, dass dies Auswirkungen haben könnte?", hinterfragt er.

„Du, es ging so einfach nicht weiter. Ich musste es ihm offen und ehrlich sagen", versuche ich z erläutern.

„Ja, aber er wird es doch sicher auch Herrn Spörrle sagen, und dann? Was, wenn er dich jetzt noch schlechter behandelt?", möchte mein Mann wissen.

„Ich habe eher das Gefühl, dass Herr Spörrle jetzt extranett zu mir ist. Denn ich habe Herrn Hahn gesagt, sobald ich was Anderes finde, bin ich weg", erkläre ich meinem Mann.

„Ich weiß nicht, ob das so clever war. Du musst auch lernen, nicht einfach so drauf los zu reden. Denk doch lieber vorher nach, was du sagst, und wie du etwas sagst. Du kannst doch nicht deinem Vorgesetzten so verschiedene Sachen an den Kopf knallen?!", sagt er sehr ernst. „Ja ja, ich weiß. Aber so bin ich nun mal. Ich kann halt nichts dafür. Ich bin halt sehr direkt. Und das was ich gerade denke, das sage ich auch." Ich setzte mich aufrecht neben ihn.

„Was hast du denn noch alles gesagt?" Sigi ist total neugierig.

„So kenn ich dich ja gar nicht, seit wann willst du alles wissen?", necke ich ihn, „Er hat mich nach meinem bisherigen Werdegang gefragt und dann eben, ob es mir gefällt."

„Ja und was hast du geantwortet?", fragt Sigi mich aus. „Na ich habe ihm ein knallhartes ,*Nein*' genannt!", lächle ich stolz.

„Mara, Mara, ich weiß nicht, von wem du das hast. Dass du so forsch sein kannst? So kenn ich dich gar nicht!", stupst mich Sigi an.

„Na ja, wird sich zeigen, was noch weiterkommt. Ich geh jetzt erst einmal schlafen, morgen hoffentlich noch ein ruhiger letzter Tag!", sage ich und küsse ihn.

„Alles klar, schlaf gut mein Schatz, gute Nacht. Ich schaue noch den Film fertig und komme dann auch ins Bett", und Sigi drückt mich ganz fest.

Am nächsten Morgen war ich schon sehr früh wach und dachte, ich gehe lieber früher ins Büro und komme dann aber um 12 oder 13 Uhr nach Hause.

„Oh, schon lange da?", fragt Herr Fritsch, als er um kurz nach 7 Uhr ins Büro kommt.

„Guten Morgen, ach seit kurz nach sechs Uhr. Ich war schon so früh wach, und dachte, ich komm einfach mal früher ins Büro!", feixte ich.

„Ja klar, warum nicht. Ich möchte heute auch nicht so lange bleiben", sagt er und legt seine Jacke ab.

„Richtig kalt heute", sage ich leise.

„Freuen Sie sich auf Ihren Urlaub?", fragt er.

„Ach, klar, warum nicht. So kann ich ein wenig im Haushalt machen, und vielleicht ein paar Arzttermine für

mich ausmachen. Und Louisa freut sich natürlich auch!",
lächele ich entspannt.

Einen Augenblick später klingelt das Telefon.

„Hallo?", sage ich.

„Frau Kaiser, ich komme ja heute nicht ins Büro. Ist Herr Fritsch auch schon da?" Herr Hahn ruft vom Handy aus an.

„Ja klar, er ist schon länger da", antworte ich.

„Haben Sie all meine Notizen zu den Unterlagen gesehen?", möchte er wissen.

„Ja, habe ihnen hierzu auch schon ein paar Emails geschrieben", gebe ich ihm als Antwort.

„Oh okay, dann reden wir nachher noch einmal darüber", und er legt auf.

Tolles Home-Office.

Als tolle Aufgabe gab er mir uns Herrn Fritsch, die ganzen Bestellungen zu dem letzten Projekt ‚Epco Radialgreifer' rauszusuchen, und diese aufzulisten.

„Wir haben ja sonst nichts zu tun", witzele ich herum. Aber es ging eigentlich. Herr Fritsch entschloss sich, die ganzen Unterlagen aus den Ordnern herauszusuchen. Ich hingegen öffnete die Bestellung im SAP erneut und druckte diese einfach aus. Die dazugehörige Rechnung war so auch schnell gefunden.

Um kurz nach 12 Uhr rief Herr Hahn erneut an, „Frau Kaiser, wie weit sind Sie gekommen?"

„Ich bin fast fertig. Von den aufgelisteten 86 Positionen habe ich die letzte Hälfte genommen und bin fast fertig", berichte ich ihm.

„Und wie siehst es bei Herrn Fritsch aus?", fragt er mich.

„Das weiß ich nicht, ich weiß nur, dass er sich vorhin lange mit Herrn Silzer unterhielt", gebe ich ihm bekannt. „Okay, und wie lange haben Sie heute vor, zu bleiben?", möchte er nun wissen.

„Ich wollte eigentlich spätestens um 13 Uhr gehen", sage ich ehrlich.

„Oh aber dann telefonieren wir kurz vorher noch einmal, ja?", und er legt wieder auf.

Zwei Minuten später ruft er bei Herrn Fritsch an, doch dieser ist im Moment nicht am Platz. Macht bestimmt Pause.

Meine Liste mache ich fertig und schicke diese an Herrn Hahn.

So, kurz vor 13 Uhr, dann rufe ich ihn kurz an, um zu sagen, dass ich jetzt gehe.

Hmm, nichts, nur die Mailbox.

Also gut. Ich schnappte mir meine Handtasche und ging die Treppe runter zum Hauptausgang.

Gerade in diesem Moment klingelt mein Geschäftshandy.

Na super, Herr Hahn!

„Frau Kaiser, sind Sie noch im Büro?", fragt er hektisch.

„Nein, ich bin eben raus", sage ich ihm etwas genervt.

„Haben Sie denn ihr Notebook mitgenommen?", fragt er.

„Nein, habe ich nicht", antworte ich ihm.

„Also ganz ehrlich Frau Kaiser, mit ist es nicht recht, dass Sie jetzt schon Feierabend machen. Sie sollte lieber noch im Büro bleiben, und Herrn Fritsch unterstützen", verlangt er von mir.

„Herr Hahn, wenn was sein sollte, können Sie mich doch jeder Zeit auf dem Handy erreichen!", erkläre ich ihm.

„Aber was, wenn Sie noch etwas an der Excel-Liste machen sollen? Und jetzt haben Sie gar nicht ihr Notebook mitgenommen!", verhört er mich.

„Wenn es so sein sollte, dann schicke ich mir das File auf meinen normalen PC und mache es da", protestiere ich.

„Also ganz ehrlich, mir wäre es viel lieber, Sie würden wieder zurück ins Büro gehen. Wer weiß, vielleicht steht nachher noch etwas Wichtiges an, und dann ist Herr Fritsch alleine!", behauptet er.

„Oh Herr Hahn, also wirklich. Herr Fritsch ist doch auch fast fertig mit der Liste und geht dann sicherlich nach Hause", brumme ich.

„Okay, dann kommen Sie am Montag früh noch mal kurz rein, ja?", fragt er an.

„Nein, tut mir leid, aber da kann ich nicht, da habe ich schon einen Arzttermin", schildere ich ihm.

„Gut, okay, dann wünsche ich Ihnen eben ein schönes Wochenende und einen schönen Urlaub", er gibt endlich auf, und beendet das Gespräch.

Ich sitze an der Bushaltestelle und kann nicht glauben, was gerade passiert ist. Ich habe nächste Woche Urlaub, ja richtig, URLAUB! Warum sollte ich mein Notebook mitnehmen? So viel verdiene ich nicht, dass ich von zu Hause auch noch arbeiten soll. Geschweige denn, ich bin doch keine wichtige Führungskraft, die wichtige Entscheidungen zu treffen hat?

Vor lauter Aufregung über diesen Anruf rufe ich Frau Winter an.

„Frau Winter, Sie glauben nicht, was Herr Hahn eben von mir wollte!", berichte ich ihr.

Ich erzähle ihr die ganze Story, und selbst sie ist schockiert.

„Das geht doch nicht. Und vor allem, sie haben frei, da müssen sie nicht arbeiten!", sagt Frau Winter.

Ja, das meine ich auch. Wenn ich frei habe, dann habe ich frei. Wenn ich einen 1.000er mehr auf dem Konto hätte, gut, dann würde ich mir das noch einmal überlegen. Aber so?!

Kapitel 26

„Mama, ich kann nicht schlafen…", höre ich Louisa sagen.

„Maus, geh wieder zurück in dein Bett und hör einfach noch eine CD an, okay?", sage ich ihr.

„Hab ich schon, ich kann aber nicht einschlafen!", sagt sie nun etwas lauter.

„Na gut, dann komm halt her, kannst dich zwischen uns legen", sage ich und mache ihr im Bett Platz.

Es ist gerade mal vier Uhr morgens, aber es ist Montag, und ich habe frei. Von dem her.

So, jetzt liege ich hier aber wach im Bett, und die beiden schlafen tief und fest. Na klasse! Wenn ich einmal wach bin, dann bin ich wach. Das habe ich jetzt davon. Aber um kurz nach vier Uhr aufstehen? Das will ich doch auch nicht.

Also liege ich da, und denke über alles nach. Irgendwie macht der Job so keinen Spaß mehr. Am Anfang war es ja echt noch in Ordnung, aber als meine ‚Schonfrist' abgelaufen war, nein. So nicht!

Vielleicht sollte ich mich doch einmal umschauen, wie der Arbeitsmarkt und vor allem meine Chancen stehen?

Andererseits, bringt das was? Woher weiß ich, dass es in der nächsten Firma nicht genau so zugeht? Vielleicht ist das im Moment ein Trend?

Eingeschlafen bin ich dann doch noch, bis um sechs Uhr Sigis Wecker klingelte.

„Na super, hast etwa vergessen, den auszuschalten?", brumme ich daher.

Kaum lag ich wieder im Bett, und dachte, ich würde gleich einschlafen, wachte Louisa auch schon auf.

Immerhin ist es schon kurz vor sieben Uhr, eine einigermaßen normale Uhrzeit.

„Darf ich Fernseher gucken?", fragt sie mich im Halbschlaf.

„Ja, aber nur, bis ich das Frühstück fertig habe! Dann weckst du Papa, okay?", sage ich ihr.

„Ok!", und schon sitzt sie auf dem Sofa vor dem Fernseher.

Wenn ich überlege, wie clever die Kinder heutzutage sind. Selbst den Fernseher bedienen, ein Telefon, ein Handy, sogar unseren Computer. Und das in dem Alter? Das gab's bei uns nicht. Nein, garantiert nicht.

Ach ja, erst einmal einen Kaffee, dann geht's weiter.

Am Frühstückstisch mit allen sitzend herrscht erst Ruhe.

Womöglich ist es einfach noch zu früh, oder besser gesagt, zu früh für uns an einem freien Tag. Da Louisa keine Ferien hat, bringt sie Sigi in die Schule.

Endlich – Haus leer, und es herrscht Ruhe. Aber ich weiß jetzt schon, diese Woche wird viel zu schnell vorübergehen, leider!

Im Haushalt gibt es leider immer etwas zu tun, auch wenn ich mich immer davor drücke und hoffe, Sigi macht es.

Den ganzen Vormittag wartete ich darauf, dass Herr Hahn anruft oder eine E-Mail schreibt. Nichts. Gott sei Dank!

Also hat er es endlich kapiert, dass ich Urlaub habe! Sigi war im Supermarkt und im Baumarkt, weil er noch etwas am Balkon machen möchte. Also lag es an mir heute zu kochen.

Na ja, Spaghetti gehen immer, und das wird Louisa auch schmecken.

Um kurz nach 13 Uhr trödelten dann auch beide rein.

„Warum guckst du denn so beleidigt?", frage ich Louisa.

„Du hast gesagt, du holst mich jeden Tag ab!", sagt sie mürrisch.

„Ach Schatz, Papa war sowieso unterwegs und da hat er dich eben gleich mitgenommen. Ist doch nicht so schlimm, oder?", versuche ich, sie aufzumuntern. „Doch, denn ich wollte dir noch in der Schule das Bild zeigen, dass ich letzte Woche gemacht habe!", sagt sie trotzig weiter.

„Ich komm morgen, okay?", und ich drücke sie an mich.

„Versprochen?", fragt sie mit ihren großen Augen. „Ja, versprochen. Aber jetzt komm, zieh deine Schuhe aus, und setz dich. Habe etwas gekocht!", sage ich ihr. „Und was machen wir nach dem Essen?", fragt Louisa ganz gespannt.

„Ich weiß es noch nicht, was möchtest du denn machen?", frage ich zurück.

„Wir können ja auch auf den Weihnachtsmarkt gehen", schlägt Sigi vor.

„Oh ja, bitte!", ruft Louisa.

„Ja, gut, ist zwar bisschen kalt draußen, aber wenn ihr unbedingt wollt", antworte ich.

„Ach komm schon, jetzt haben wir schon die Zeit, da können wir es auch ausnutzen!", stupst mich mein Mann an.

„Ja ist ja gut", sage ich.

Kälte ist eigentlich nicht so mein Fall, ganz und gar nicht! Aber wie er schon sagt, diese Woche haben wir frei und dann ist ja auch schon Weihnachten. Tja, und wer wird über die Weihnachtstage im Büro sitzen? Ich. Sonst haben alle frei. Irgendein Depp muss ja herhalten …

Nach dem Mittag steckte ich das Geschirr nur schnell in die Spülmaschine und wir machten uns auf den Weg zum Weihnachtsmarkt.

Wer Pforzheim kennt, der weiß, dass der Weihnachtsmarkt nicht besonders groß ist. Aber es hat seinen ganz eigenen Charme. Und für die Kinder gibt es immerhin ein Karussell am Ende der Fußgängerzone. Für uns Erwachsene natürlich Glühwein und jede Menge Schlemmereien. „Willst du noch ein Schluck?", fragt mich Sigi und reicht mir seinen Becher.

„Gerade nicht, danke." Sage ich ihm, während wir beide Louisa beobachten, wie sie auf dem Karussell sitzt.

„Sie sieht so glücklich aus", flüstert Sigi.

„Ja, das stimmt", sage ich kurz und bündig.

„Alles ok bei dir? Du bist in letzter Zeit so niedergeschlagen. So kenne ich dich gar nicht?", hinterfragt er.

„Ach, das mit der Arbeit beschäftigt mich so sehr", antworte ich ihm.

„Jetzt komm, du hast frei, denk doch da bitte nicht drüber nach!", und Sigi schaut mich etwas ernster an.

„Ja, ich sag doch nichts, du hast doch schließlich gefragt!", kontere ich.

„Es war so toll, darf ich noch mal?", steht unsere Kleine plötzlich vor uns.

Vor lauter Brummen und Jammern habe ich total vergessen, auf sie zu achten. Das darf man eigentlich echt niemandem sagen.

„Später mein Schatz, jetzt machst du erst einmal bisschen Pause, sonst wird dir noch schlecht, okay?", rate ich ihr.

„Darf ich dann Pizza haben?", fragt sie.

„Aber wir haben doch erst vor einer Stunde Mittag gegessen?", merkt Sigi an.

„Lass sie doch, wenn wir schon einmal hier sind, und sie ein Stückchen will?!", behaupte ich.

„Oh ja, bitte!", und ich laufe mit ihr zum Pizza Verkaufsstand.

Ich mochte das auch immer, ein Stück Pizza mit einer Waffel unten drunter, einfach lecker!

„Meinst du nicht, dass sie zu viel isst?", entgegnet uns Sigi.

„Also komm, dieses eine Stückchen Pizza wird sie doch wohl noch essen dürfen, und sie ist doch nicht fett!", erwidere ich.

„Na gut, musst du wissen", und Sigi wendet sich von uns. Nein nein, also wirklich. Fett ist Louisa nicht. Vielleicht nicht ganz so spindeldürr wie manch andere Kinder in ihrer Klasse, aber garantiert nicht übergewichtig!

Eine Stunde blieben wir noch auf dem Weihnachtsmarkt und gingen dann zurück nach Hause, es war eindeutig zu kalt!

Zu Hause angekommen schaute ich erst einmal auf mein Geschäftshandy. Es ist nicht, dass ich muss, aber irgendwie hat man immer das Gefühl, man muss doch drauf schauen. Sollte es eine E-Mail von Herrn Spörrle geben, muss ich ja schließlich darauf reagieren. Oder vielleicht findet Herr Fritsch eine Bestellung oder ein paar Unterlagen nicht?

Dann müsste ich ihn kurz anrufen. Lauter solche Dinge.

Schaut man nicht drauf, hat man ein schlechtes Gewissen. Schaut man eben drauf, kann man halt auch nie richtig abschalten…

Kapitel 27

„Sein Sie froh, dass Sie letzte Woche nicht hier waren!",
begrüßt mich Herr Fritsch im Büro.

„Warum? Was war denn los?", frage ich etwas verwundert.

„Herr Spörrle hatte nochmals ein Gespräch mit dem
Geschäftsführer, und es ging um das Budget", erklärte
Herr Fritsch.

„Okay, das heißt?", frage ich neugierig.

„Das heißt, dass wir etwas drüber sind. Nun machten Herr
Hahn und Herr Spörrle einen riesen Wirbel und ich musste
alle Bestellungen von diesem Jahr, die zu den zwei
Projekten gingen, noch einmal ausdrucken und vorlegen",
erläutert er.

„Was? Wieso?", entgegne ich ihm.

„Na die wollen, dass wir jetzt zum Teil die Beträge auf eine
andere Kostenstelle umbuchen, um die Projektkostenstelle
zu entlasten. Ebenso ist leider der Großkunde
abgesprungen und braucht ein Teil der Ware nun doch
nicht!", teilt er mir gerade mit.

„Nein, das gibt es doch nicht! So kurz vor Jahresende?
Wahnsinn. Okay, dann verstehe ich, dass denen da oben
ein bisschen der Hintern brennt." äußere ich mich mit
einem kleinen Lächeln.

„Auf jeden Fall haben wir hier nun eine Excel-Liste, in der
alles aufgeführt ist. Herr Hahn wird uns heute Morgen um
11 Uhr erklären, wie wir weiterhin vorgehen sollen", sagt
er.

„Okay. Und seit wann sind Sie heute schon im Büro?", und ich schaue ihn an.

„Seit kurz nach sechs Uhr. Letzte Woche waren es auch jeden Tag von sieben bis zum Teil zwanzig oder einundzwanzig Uhr!", brummt er.

„Oh mein Gott! Sie tun mir so leid, wirklich!", aber ich kann nicht anders, und muss grinsen.

Ist das nicht ein wenig typisch? Jetzt so kurz vor Jahresende fällt den Herren auf, dass wir zu viel eingekauft beziehungsweise zu viel ausgegeben haben? Die müssen doch vorher wissen, was der Kunde will, oder wie viel. Denn danach kann man doch dann einkaufen und produzieren.

Herr Hahn kam kurz nach neun Uhr ins Büro, begrüßte mich kurz, und stürmte wieder raus. Wie immer eben. Eine viertel Stunde später saßen wir bei Herrn Spörrle.

„Also wie Sie alle wissen, waren ich letzte Woche bei Herrn Dautner. Ich muss ihm nun jeden Monat vorzeigen, was wir ausgegeben haben. Des Weiteren zeigt ihm Herr Marksen vom Vertrieb, was alles im Gegenzug bestellt wurde. In der Hoffnung, dass wir mit den Ausgaben und Einnahmen ein Plus, und nicht wie jetzt, ein Minus machen", offenbart unser Chef.

„Ich möchte nur anmerken, dass wir uns mehr anstrengen müssen, und so wie es aussieht hat mein Vorgänger einfach verpasst, dass Budget zu kontrollieren!", ruft Herr Hahn dazwischen.

Das war ja so klar, man sucht sich wieder ein schwarzes

Schaf und nimmt einfach den, der nicht mehr da ist...

„Ich möchte Sie darauf hinweisen, dass Überstunden in diesem Sinne genehmigt sind. Die nächsten zwei Wochen sind Herr Hahn und ich nicht im Haus. Wer wird alles anwesend sein?", fragt Herr Spörrle in die Runde.

„Ich bin die ganze Zeit da", säusele ich.

„Okay, und Sie Herr Fritsch?", möchte Herr Hahn wissen.

„Ich bin die Woche nach Weihnachten dann auch wieder da", entgegnet er.

„Sehr gut. Dann würde ich vorschlagen, sobald Herr Hahn ihnen die Sachlage erklärt hat, fangen Sie an, mit der Buchhaltung bezüglich der Umbuchungen zu reden", schildert er.

Alle sitzen verstummt da und nicken nur.

Zurück im Büro sieht Herr Fritsch total genervt und entkräftet aus.

„Wissen Sie, und anstatt uns dann die Sache gleich zu erklären, wird das Thema wieder geschoben!", sagt er.

„Tja, ich bin mal nur gespannt, ob unser Meeting um Punkt 11 Uhr stattfinden wird!", kichere ich.

„Das glauben Sie wohl selbst nicht", sagt Herr Fritsch.

Ich fing an, wie gewohnt meine Bestellungen in SAP einzutippen.

Und die Zeit verging. Um elf Uhr bimmelte der Erinnerungsalarm auf unseren Computern. Aber wo Herr Hahn war, das wusste keiner.

11:20 Uhr kam er rein, setzte sich und ich fragte ihn, „Erklären Sie uns dann die Sache mit der Budgetaufteilung?"

„Das verschieben wir auf heute Nachmittag, okay?", und schon war er wieder weg.

Wir bekamen eine Besprechungsänderung auf 14:30 Uhr.

„Und wie sollen wir jetzt unsere Bestellungen richtig schreiben oder aufteilen?", brummte Herr Fritsch.

Man merkte ihm an, dass er total genervt war.

„Sollen wir etwas essen gehen?", fragte ich ihn.

„Ja komm, lassen Sie uns zu dem Imbiss dort gehen!", und er klatschte sein Ordner auf den Boden. Oh je, so hatte ich ihn schon lange nicht erlebt. Als wir gemütlich unseren Gyros aßen und zurück schlenderten, fiel mir auf, wie viel Energie uns dieser Job kostet. Nicht nur, dass man 24 Stunden lang über die Arbeit nachdenkt, sondern auch, dass wir von morgens bis abends schuften, ohne ein kleines Stück Bestätigung. Denn Herr Hahn und Herr Spörrle machten weiter, wie bisher. Freitags frei. Und so früh wie wir war sowieso niemand im Haus, wenn dann vielleicht Herr Brinker ab und an.

Pünktlich um 14:30 Uhr schauten wir uns an, und wieder keine Spur von unserem Gruppenleiter.

„Und was nun?", rätselten wir.

Und auf einmal poppte wieder eine Meeting-Verschiebung auf unserem Bildschirm.

>> neuer Termin: Dienstag, 8:50 Uhr<< „Das gibt es doch nicht", stammelte ich.

„So, mir reicht es jetzt, ich gehe um 15 Uhr nach Hause, komme was wolle!", maulte mein armer Kollege.

„Ja, machen Sie das Herr Fritsch, ich bin ja da!", sagte ich ihm.

Ich blieb noch und machte die offenen Bestellungen fertig.

Um kurz nach 17 Uhr kam Herr Hahn und Herr Spörrle rein.

Herr Hahn zeigte verdutzt auf Herrn Fritsch Platz und sagte, „Ist er nicht mehr da?"

„Nein, er ist um 15 Uhr nach Hause", antwortete ich.

„Dann können Sie wohl doch nicht mehr ihr Budget heute besprechen", warf Herr Spörrle dazwischen.

Und die Herren verließen unser Büro wieder.

Am nächsten Morgen erzählte ich das gleich meinem Kollegen.

„Was denken die denn? Der Termin war auf 14:30 Uhr gesetzt, nicht 17 Uhr!", tobte Herr Fritsch.

„Ja, richtig. Und jetzt haben wir 8:45 Uhr und Herr Hahn ist noch nicht da!", sagte ich.

„Es ist mir echt egal, das liegt an ihm, uns die Sache zu erläutern! Nächste Woche habe ich Urlaub, und dann sollen sie selber sehen, wie sie ihr Budget in die Reihe kriegen!", schimpfte er.

Wow, so habe ich ihn wirklich noch nie erlebt. Aus dem schüchternen, lieben Mann wurde plötzlich ein brummender Bär, der sich nichts mehr gefallen lässt. Richtig so! „Ich frage mich, ob er immer seine Meetings verschiebt oder zu spät kommt?", und ich schaute Herrn

Fritsch an. „Wenn er das weiter so macht, wird er irgendwann gewaltig auf die Schnauze fliegen!", sagte er.

„Ja, vor allem, wenn man Kundenbesuche macht. Schließlich wollen wir etwas von denen, nicht die von uns!", schilderte ich.

„Richtig. Und wenn man zu einem Verhandlungsgespräch so viel zu spät kommt, dann kann man sich einen Rabatt gleich knicken!", sagte er weiter.

Und so ist es auch, immerhin benötigen wir die gewissen Teile, um eben unser Produkt herstellen zu können. Und da wir ja eine tolle „Saving" – Liste haben, müssen wir auch bei jedem Einkauf einen Rabatt verhandeln. Aber wenn dann der Einkaufsleiter so mit den Lieferanten umgeht? Ob das gut geht?

Um kurz nach neun Uhr klingelte mein Telefon.

„Frau Kaiser, ich bin im Moment noch unterwegs, ich komme etwas später. Wir machen unser Meeting am Nachmittag", und Herr Hahn legte schon wieder auf. Ich schüttelte den Kopf und sagte laut, „Das gibt es doch nicht!"

„Was denn?", schaute Herr Fritsch rüber.

„Herr Hahn hat eben angerufen, er verschiebt unseren Termin erneut!", erklärte ich.

„Nein, oder?!", sagte mein Kollege schockiert.

„Warum wird dann so ein Wirbel drum gemacht? Wenn es doch so wichtig ist, dann hat doch nichts anderes Priorität!", behauptete ich.

„Und vor allem, wir haben ja letzte Woche alles schön ausgearbeitet. Im Prinzip muss er uns nur noch erklären, welche Aufträge nun umgebucht werden müssen, und wie wir in Zukunft eine Bestellung oder die Rechnung aufteilen!", erwähnte er.

Und wie man sich denken kann, auch am Nachmittag fand unser Gespräch nicht statt. Am nächsten Morgen kam er wieder zu spät, verschob es, und sagte dann nur zwischen Tür und Angel, „Hier ist doch die Excel Herr Fritsch, teilen Sie es einfach so auf!" Wir waren verdutzt. Das war's?

Nun ist es schon Mittwochnachmittag, kurz vor Weihnachten, und nein, wir fangen nicht mehr an, etwas umzucodieren. Und besonders, wenn der Vorgesetzte es nicht einmal für nötig hält, sich wenigstens zehn Minuten mit uns hinzusetzten!

Kapitel 28

„Morgen kommen Opa und Oma, gel?", fragt Louisa.

„Ja mein Schatz", antworte ich.

„Und heute holen wir den Weihnachtsbaum, ja?", möchte sie weiterwissen.

„Ja, du gehst mit Papa einen schönen Baum aussuchen", und ich reiche ihr das gerade geschmierte Brot.

„Mama", und sie schaut mich an.

„Ja?", wundere ich mich, was jetzt als nächstes kommt.

„Darf ich dann den Baum schmücken?", erkundigt sie sich.

„Na klar!", lache ich.

Nichts lieber als das, dann muss ich es schon nicht machen!

„Na ihr zwei, was schmiedet ihr denn für Pläne?" Sigi kommt gerade aus dem Bad, uns setzt sich zu uns an den Frühstückstisch.

„Papa, ich darf mir den Weihnachtsbaum heute aussuchen!", erzählt Louisa strahlend.

„Na wer sagt denn so was?", erwidert Sigi neckisch.

„Na Mama!", grinst sie.

„Ja, ich habe ihr nur gesagt, dass ihr heute den Weihnachtsbaum kaufen geht, morgen kommen deine Eltern, und übermorgen ist ja schon Weihnachten", erläutere ich ihm.

„Das machen wir, ja? Gleich nach dem Frühstück?", bittet Louisa.

„Jetzt lass mich erst einmal essen und dann sehen wir weiter", sagt Sigi.

Und da sitzen wir, alle drei, gemütlich an diesem Samstagmorgen. Gott sei Dank hat die nächste Woche nur zwei Arbeitstage durch die Feiertage. Da wird sicherlich nicht so viel zu tun sein, oder, erst recht viel aufkommen.

Auf einmal stört das Klingeln des Telefons unsere Ruhe.

„Kaiser, hallo?", sagt mein Mann, „Ach, Fiona, schön, dass du anrufst! Ich reich dich grad mal rüber!"   „Hi Schwesterchen", sage ich.

„Na, wie geht's euch?", erkundigt sie sich.

„Du, gut, sitzen grad am Frühstückstisch", erwähne ich.

„Ah okay. Mara, du kannst dir nicht vorstellen, was gestern passiert ist!", schluchzt sie.

„Wie? Was denn?", frage ich neugierig.

„Gianluca ist gestern Abend auf dem Treppengeländer in der Arbeit ausgerutscht!", erzählt sie.

„Oh nein! Ist er jetzt noch im Krankenhaus?", erkundige ich mich.

„Ja, er wurde gestern noch operiert, und bleibt noch ein paar Tage drin", entgegnet sie.

„So ein Scheiß, und dass alles, gerade jetzt kurz vor Weihnachten!", sage ich, und nehme einen Schluck Kaffee, „aber weißt was das Gute dran ist?"

„Was soll denn dran gut sein??" Fiona klingt erschrocken.

„Na dadurch, dass er sowieso im Krankenhaus arbeitet, wurde er wenigstens gleich drangenommen!", und leider musste ich anfangen, zu lachen.

Ja ist doch so, oder? Was für eine Ironie des Schicksals ist es denn, dass sich der Assistenzarzt auf dem Heimweg seinen Fuß bricht?

„Also weißt du, ich finde das gar nicht lustig!", brummt Fiona.

„Du, wie machen wir es dann mit Montag? Wird er bis dahin aus dem Krankenhaus raus sein, oder feierst du dann mit ihm dort Weihnachten?", frage ich.

„Ehrlich gesagt habe ich mir darüber noch keine Gedanken gemacht", äußert sie sich.

„Wo liegt er denn? Dann können wir heute noch vorbeischauen", sage ich.

„Sag mal, du weißt doch, wo er arbeitet? Na im Siloah!", sagt meine Schwester fast schon ein wenig genervt. „Ach ja, klar, stimmt", und ich habe fast ein schlechtes Gewissen. „Dann fahren wir nachmittags mal hin!"

„Gut. Ich werde nach dem Frühstück schon hinfahren. Hast du dich eigentlich jetzt schon nach einem anderen Job umgeschaut?", möchte Fiona gerne wissen. „Nein, bis jetzt noch nicht. Hatte dazu keine Zeit und Lust", brabbele ich.

„Ja aber so wie du immer über den Job jammerst, wäre es doch das sinnvollste, wenn du dich nach etwas Anderem umschaust!", sagt sie.

„Ich weiß, ich weiß. Nur habe ich wirklich nicht viel Zeit, noch nach einer Arbeit zu suchen. Die meiste Zeit bin ich im Büro, dann daheim muss ich mich ja mit Louisa beschäftigen", versuche ich, meine Situation zu erklären.

„Versteh ich alles, aber es kostet dich vielleicht fünf

Minuten, mal in der Zeitung nach etwas zu suchen, und dann eine Bewerbung per Email abzuschicken!", protestiert sie.

Ich merke, wie Sigi und Louisa schon fertig und langsam etwas genervt sind, weil ich hier solange sitze, und telefoniere.

„Du hast vollkommen Recht! Schau mal, wir telefonieren abends noch einmal, ja?", sage ich und lege auf.

„Was ist passiert Mama?", fragt Louisa gleich.

„Der Onkel hat sich den Fuß gebrochen und liegt im Krankenhaus", erkläre ich ihr.

„Oh der Arme, gehen wir in besuchen?", möchte sie gleich wissen.

„Später, ja, nach dem Mittagessen. Ihr zwei macht euch mal fertig, und holt einen tollen Baum, während ich hier etwas aufräume!", sage ich.

Erst einmal trinke ich meinen Kaffee fertig und esse meine Brötchen, dann sehen wir weiter…

Nicht ganze zehn Minuten später sind die zwei schon außer Haus. Hört sich immer wieder blöd an, aber ich genieße es, wenn es auch mal so ruhig im Haus ist. Nachdem ich die Wäsche in die Maschine gesteckt hab, heißt es absaugen und wischen. Oder soll ich erst nach dem Baum putzen? Denn wenn Sigi den Baum bis ins Wohnzimmer durch die Wohnung schleift, bleiben sowieso paar Äste oder so auf dem Boden liegen. Ich entschied mich, erst nachher zu putzen. Solange wird es ja nicht dauern, einen Baum auszusuchen.

Und tatsächlich, eine gefühlte halbe Stunde später standen die zwei schon vor der Wohnungstür.

„Schau mal Mami!", kicherte Louisa.

„Oh, ganz toll, ich hoffe nur, der passt auch ins Wohnzimmer rein!", sagte ich und meinte es auch so. Der Baum sah viel zu hoch aus, und wer weiß, wie breit der dann auch noch ist.

Aber es passte! Und Louisa begab sich gleich an die Arbeit des Schmückens. Währenddessen saugte ich und wischte die Wohnung.

„Was sollen wir heute essen?", fragte Sigi.

„Ich weiß nicht, kochst du etwas?", bat ich ihn.

„Ja, kann ich machen. Was machen wir an Heiligabend? Hast du hier schon etwas gekauft?", erkundigte er sich weiter.

„Ähm, nein, du bist derjenige, der immer einkaufen geht?!", ich schaute ihn verdutzt an.

„Gut, wir haben noch einen Rollbraten in der Tiefkühltruhe, dass könnte ich ja am Montag vorbereiten", schlug er vor.

„Klingt doch super! Und für heute? Haben wir noch Fischstäbchen oder so?", fragte ich.

„Muss ich nachschauen. Wobei, die werde ich nur für euch zwei machen, ich koche mir etwas Anderes. Fischstäbchen ist doch kein richtiges Essen", maulte er. „Passt, dann machst dir eben was Anderess", und ich gab ihm einen Kuss.

Immer diese Extrawürstchen! Aber solange ich nicht kochen muss, ist mir das gerade recht!

Ich entschloss, in das Wohnzimmer zu gehen, und mal die Arbeit von unserer Kleinen zu begutachten.

„Oh Louisa, das hast du aber toll gemacht!", lobte ich sie. Der Baum war schön, wirklich, und sie versuchte auch, gleichmäßig die Kugeln zu verteilen. Jedoch muss man bedenken, dass sie ja nicht bis ganz oben kam, und daher nur die untere Hälfte geschmückt aussah. Aber was soll's, wenn ihr das so gefällt.

„Findest du es schön Mama?", hinterfragte sie mein Lob. „Na klar Maus, schau mal, du hast das richtig gut gemacht!", erwiderte ich.

Mein Gott, die Zeit verging so schnell und schon war der Vormittag rum.

Wir aßen unsere Fischstäbchen und machten uns auf ins Krankenhaus zu Gianluca.

Der Ärmste, wirklich. Lag da, total fertig. Und er hat es auch noch geschafft, sich nicht irgendwie normal den Fuß zu brechen, nein, das Sprunggelenk!

Kapitel 29

„Du bist schon wach?", frage ich Louisa, die schon angezogen auf ihrem Bett sitzt.

„Ja, und ich habe mich schon angezogen", sagt sie. „Okay, willst du bis zum Frühstück noch etwas Fernseher gucken?", frage ich.

„Okay", und sie folgt mir in das Wohnzimmer.

Oh Gott, gerade mal 5:30 Uhr, und das an einem Samstag! Na ja, was soll's.

„Und was willst du heute machen?", möchte ich vorsichtig wissen.

„Gehen wir auf den Weihnachtsmarkt?", fragt sie strahlend.

„Schatzi, der Weihnachtsmarkt ist vorbei. Das geht nur bis Weihnachten, am Donnerstag war der letzte Tag!", sage ich, und hoffe, sie ist darüber nicht zu enttäuscht. „Dann gehen wir zum Bowling!", schlägt Louisa als nächstes vor.

„Du, das schauen wir dann mal, okay?", und ich gehe in die Küche, um ihr einen Tee zu machen.

Ich kann mir schon denken, wie das heute abläuft. Sigi schläft sich aus und ich darf die Kleine unterhalten. Danke, echt!

Zusammen auf der Couch sitzend schauen wir ein paar Kindersendungen an und entschließen uns dann, um 7 Uhr in den Supermarkt zu fahren.

„Holst du den Wagen?", bitte ich sie.

„Ja, ok", und sie schnappt sich einen Euro.

„So, jetzt schauen wir mal. Wir brauchen auf jeden Fall zwei Temposchachtel, und dann Joghurt", und wir machen langsam unseren Weg durch den Markt.

Louisa düst in Richtung Kasse und ruft „Haben wir jetzt alles?"

„Ich denke schon", und ich versuche, ihr nachzukommen. Im Auto sitzend bemerke ich, dass es erst kurz vor acht Uhr ist.

„Ob der Papa wohl schon wach ist?", schaue ich sie an.

„Nein", lacht sie.

„Was hältst du davon, wenn wir noch in einen anderen Supermarkt gehen?", und wir fahren weiter.

Durch den Markt schlendernd vergessen wir total die Zeit, bis mein Handy klingelt.

„Hallo!", begrüßt uns mein Mann am Telefon.

„Guten Morgen, du bist schon wach?", frage ich verdutzt.

„Ja, gerade eben, wo seid ihr denn?", fragt er zurück.

„Wir sind noch einkaufen, kommen aber gleich, und wir haben dir ein Croissant gekauft!", sage ich und lege auch schon auf.

Ein paar Minuten später waren wir auch schon daheim.

„Und was machen wir jetzt?", informiert sich unsere Kleine.

„Weiß nicht, was magst denn machen?", schaut Sigi sie an.

„Spielen wir Rummikub?", und bevor einer von uns überhaupt antworten kann, ist sie schon auf dem Weg, sich die Kiste zu schnappen.

„Gut, alles klar, wir können ja bis 11:30 Uhr spielen, und dann machen wir das Mittagessen!", schlage ich vor. Nach dem Mittag saßen wir gemeinsam vor dem Fernseher. Ja, ich weiß, wir sollten nicht so viel schauen, aber so ab und zu, oder wenigstens eine halbe Stunde…! „Auf, was machen wir jetzt? Gehen wir bowlen?", fragte Louisa erneut.

„Maus, das ist etwas zu teuer. Wenn wir Bowlen gehen, kostet alleine die Miete für die Bahn schon 25€, und dann müssen wir auch noch die Schuhe ausleihen", antwortet Sigi.

„Oh manno, und was machen wir dann? Mir ist langweilig!", schimpft sie plötzlich.

Na super, auch das noch. Ich bin schon total kaputt! „Ich hab ne tolle Idee, wir fahren in das Möbelhaus und testen die Stühle!", schmunzelt Sigi plötzlich.

„Was?" Louisa ist baff.

Gesagt, getan. Während Sigi und Louisa von einem Stuhl auf den nächsten springen, und die Bequemlichkeit und die Farben benoten, laufe ich nur gemütlich hinterher.

„Mama, komm, setzt dich mal hier drauf, das ist so bequem!", ruft sie.

„Ja ja, ich komme", sage ich und gehe in langsamen Schritten hinter den beiden.

Mir wären ein Kaffee und eine Zigarette lieber.

„Gehen wir jetzt noch hoch? Kann ich dann was essen?!", quasselt Louisa ganz schnell daher. „Ja, ist gut", sage ich und schaue Sigi an.

Nachdem Louisa ein Schnitzel verschlingt hatte, gingen wir in Richtung Auto, und dann nach Hause.

„Oh man, pass doch auf!", sage ich, als wir aus dem Auto aussteigen.

„Was denn, ich habe doch nichts gemacht!", verteidigt sich Sigi.

„Doch, guck doch besser, wo du hinläufst!" ärgere ich mich, „du hast mich mit dem Schirm am Kopf getroffen!"

„Hahaha", lacht Louisa nur.

Bockig laufe ich vornedrein und gehe zum Aufzug. Während Sigi die Treppen hochläuft, rauscht Louisa noch schnell mit in den Aufzug.

„Mama, warum bist du so schlecht gelaunt?", hinterfragt sie.

„Ich bin nicht schlecht gelaunt", erkläre ich ihr.

„Was machen wir jetzt noch?", fragt sie wieder. „Ich will mich erst einmal hinsetzen, und nichts machen, okay?", entgegne ich ihr.

„Spielen wir dann noch eine Runde *Mensch ärger dich nicht?*", grinst sie spöttisch.

„Jetzt nicht", sage ich.

Während ich in der Küche stehe und einen Salat vorbereite, fangen Sigi und Louisa an, ein Spiel zu spielen.

„Erst einmal auf den Balkon", murmele ich leise und schnappe mir eine Zigarette.

Man, bin ich kaputt. So ein langer Tag. Woher nimmt Sie nur diese Energie?

Nach dem Abendessen schaltete ich eine DVD an und setzte mich auf den Schwingsessel.

„Können wir morgen schwimmen gehen?", hörte ich da plötzlich.

Oh Kind, wirklich, kannst du mir nicht einmal etwas Ruhe gönnen?!

„Morgen ist Silvester, ich weiß nicht, ob das Schwimmbad offen ist", begründete ich.

„Papa kommst du mit?", stupste sie ihn an.

„Ihr könnt doch morgen nach dem Frühstück zusammengehen, und ich koche dafür dann das Mittagessen, wie wäre es?", bot er an.

„Aber komm doch mit, bitte! Dann ist es viel lustiger!", sagte Louisa.

„Jetzt schauen wir mal, wann wir morgen aufstehen, und ob die überhaupt offen haben, ja?", und ich drückte ihre Hand.

Natürlich war es, wie es kommen sollte. Punkt 6:30 Uhr wurde ich von ihr geweckt.

„Gehen wir?", wollte sie unbedingt wissen.

„Jetzt frühstücken wir erst einmal", sagte ich.

„Aber um 8 Uhr gehen wir, ja?", schwatzte sie. „Du, ich habe keine Eile Louisa! Wir frühstücken gemütlich, und selbst, wenn wir um 8:30 Uhr loslaufen, das reicht immer noch!", sagte ich etwas ernster.

Ich wünschte, ich könnte einmal ausschlafen. Unter der Woche die Arbeit, die mir den letzten Nerv raubt, und dann am Wochenende immer volles Programm. Wir verbrachten 3,5 Stunden im Schwimmbad und liefen dann nach Hause.

Als wir ankamen, saß Sigi am Tisch und las die Zeitung.

„Und, hat es Spaß gemacht?", wollte er wissen. „Ja! War total cool! Ich war ganz oft in dem kalten Wasser! Kannst Mama fragen!", sagte sie stolz, „und Mama war in der Sauna!"

„In der Sauna?" Sigi schaute mich komisch an.

„Nein, ich war kurz im Solarium", erklärte ich, „die haben dort ein Gerät mit einer Collagen-Lichttherapie." „Achso, ok", und er gab mir einen Kuss.

Ich hoffe, der Sonntag wir nicht ganz so anstrengend, sonst überlebe ich den Montag in der Arbeit nicht…

Kapitel 30

„Fangen Sie unten oder oben an?", fragte ich Herrn Fritsch.

„Unten", antwortete er.

„Gut, dann mach ich die von oben", sagte ich und begann, die Rechnungen in der SAP-Liste abzuarbeiten. „Und wie ist das jetzt mit der Rechnung?" Herr Fritsch drehte sich zu mir.

„Ich denke mal, die müssen wir aufteilen", sagte ich.

„Wissen Sie, anstatt dass sich Herr Hahn mit uns zusammensetzt und alles richtig bespricht, aber nein!", schimpfte Herr Fritsch.

„Tja, der hat halt besseres zu tun!", sagte ich.

„Aber des kann doch auch nicht sein, für was hatten wir denn ein Meeting? Warum konnte er uns nicht genaue prozentuale Aufteilungen geben?", hinterfragte Herr Fritsch.

„Das weiß ich auch nicht, aber ich mach es jetzt so, ich schicke ihm einfach die Rechnung, bei der ich nicht weiterweiß. Dann ist es bei uns aus der Liste schon mal raus!", und mit einem Klick war die Rechnung abgesandt.

Eine Stunde später spazierte Herr Hahn in das Büro.

„Oh, sie sind aber beide schon früh dran!", sagte er. „Herr Fritsch ist seit 6:20 Uhr da, und ich seit sieben Uhr", antwortete ich ihm.

„Ja und heißt das, sie gehen dann wieder so früh?", er schaute uns an.

Aber wir reagierten nicht. Wieso auch?!

Einige Minuten später war er wieder aus dem Büro raus. „Sag mal, geht's noch?", sagte Herr Fritsch sauer, „Wir haben 59 Rechnungen in der Liste. Anstatt, dass er froh ist, dass wir früh damit anfangen, aber nein!" „So ist er halt", sagte ich ruhig.

„Und nachher wieder die Besprechung. Für was denn? Wissen Sie, wofür das gut ist? Nur, damit Herr Spörrle auf seinem Bürostuhl vor uns sitzt, wie auf einem Thron!", erläuterte er.

„Was?", ich musste grinsen.

„Na überlegen Sie doch mal. Er sitzt da hinter seinem Schreibtisch, auf seinem prolligen Bürostuhl und zeigt nur mit dem Finger auf uns. Für was haben wir diese Besprechung? Bringt es was? Nein!", brummte er.

Oh, was war denn hier los? So habe ich Herrn Fritsch lange nicht erlebt.

„Ja, doch, stimmt schon", gab ich ihm Recht.

„Und wissen Sie, was mich wieder aufregt? Ich wollte nächste Woche Freitag und den Montag drauf freinehmen, da am Donnerstag Dreikönige ist. Aber nein, es wurde mir abgelehnt!", knurrte er wie ein böser Hund. „Was? Herr Spörrle oder Herr Hahn?", wollte ich wissen. „Nicht Herr Spörrle, bei dem hatte ich mit Urlaubsanträgen nie Probleme! Herr Hahn ist derjenige, der es immer ablehnt", sagte er.

„Krass, echt. Ich meine, das ist ja nicht das erste Mal!", und ich schüttelte den Kopf.

Das war wirklich unfair. Es kam dieses Jahr, sorry, ich muss ja schon letztes Jahr sagen, so oft vor, dass ihm ein Urlaubs- oder Gleitzeittagantrag abgelehnt wurde.

Und aus welchem Grund? Es gab nie einen.

„Der will einfach nicht alleine hier sitzen, der hat Angst", sagte er.

„Meinen Sie wirklich? Aber ich wäre doch hier! Und freitags ist er doch sowieso nicht da!", maulte ich.

Herr Fritsch schien wirklich wütend zu sein.

„Sie müssen sich mehr wehren", schlug ich ihm vor. „Ach, das bringt doch nichts. Wenn ich anfangen würde, einmal alles zu sagen, was ich möchte…", sagte er. „Ja aber warum machen Sie es dann nicht? Vielleicht verbessert sich die Situation dadurch?", meinte ich.

„Das bezweifle ich, ich denke, es würde nur noch schlimmer werden", und er wandte sich wieder zu seinem PC.

Oh man, die Situation ist echt bescheuert. Jeder ist unzufrieden, die Stimmung ist einfach nur bescheiden. Aber jetzt was Neues suchen? Gerade am Anfang des Jahres? Das würde nicht gut gehen, bestimmt nicht.

„Frau Kaiser, können Sie hier Herrn Linder anrufen, und fragen, ob diese Unterlagen so vollständig sind?", stand Herr Hahn auf einmal neben mir.

„Ja gut, mache ich", sagte ich und wählte die Nummer.

„Herr Linder ist noch im Urlaub", sagte die Dame. „Ich werde ihm eine Email schreiben", sagte ich Herrn Hahn und er spazierte aus dem Büro.

Ich ging zur Tür, und schloss diese.

„Herr Fritsch, meinen Sie, er hat uns gehört?", sagte ich geschockt.

„Was? Von gerade eben? Das glaube ich nicht", antwortete er.

„Und was ist, wenn doch?", sagte ich ängstlich.

„Was soll schon sein? Wird doch nichts passieren!", sagte er.

Herr Fritsch und ich gingen zusammen zu Mittag und machten uns weiter an die Rechnungsbearbeitung. „Wie viel Zeit das in Anspruch nimmt, seit sieben Uhr habe ich nichts Anderes gemacht!", brummte ich. „Das kommt davon, weil wir nur einmal die Woche die Rechnungen bearbeiten sollen. Vorher, als es noch zweimal die Woche war, ging es etwas rascher", erwiderte mein Kollege.

„Nicht nur das, aber das ganze drum rum. Rechnung ausdrucken, Bestellungen aus der Liste streichen, Bestellvorgang aus dem Hängeregister holen, im System zurückbuchen, Deckblatt ausfüllen und richtig ablegen!", zählte ich auf.

„Zurückmelden? Ich dachte, das machen wir zurzeit nicht?", hinterfragte Herr Fritsch.

„Wieso? Natürlich, das mache ich immer. Wie soll man das dann im Nachhinein im System abschließen?", ich war nun sehr verdutzt.

„Ich dachte, dass wir seit der Budgetsache die Aufträge vorerst nicht abschließen, bis alles geklärt ist." Erklärte er. „Ja aber wie sollen wir nachher wissen, was bereits erledigt ist und was nicht? Dann müsste man alles im Ordner durchschauen, und kontrollieren?", ich schaute ihn an. „Ja schon, aber ich habe auf jeden Fall die letzten Wochen nichts zurückgemeldet", und er drehte sich um. Na klasse, das gibt's doch nicht! Ich mein, so gern ich Herrn Fritsch auch habe, aber so manchmal verstehe ich seine Taten nicht.

„Das Fach hier ist leer, aber in der Liste steht noch was drin", sagte ich ihm.

„Ich weiß nicht, da muss ich mal schauen. Ich habe alles von Oktober und November aus den Hängeregistern genommen. Das ist ja schon alt!", sagte er.

„Aber kam hier eine Rechnung? Ist der Vorgang abgeschlossen?", wollte ich wissen.

„Nein, das nicht, aber ich dachte, ich nehme alle alten Sachen raus. Dann haben wir mehr Platz und es ist einfacher", sagte er.

Au weija! Ob das gut geht? Ich hätte alles drin behalten, um sicher zu gehen, dass wir nachher alle Unterlagen komplett haben. Aber gut, Herr Fritsch ist länger im Unternehmen als ich, was soll ich ihm da groß vorschreiben.

„Ich finde die MKW Unterlagen nicht", sagte ich, als ich vor dem Schrank stand.

„Ach, das habe ich glaube ich abgeheftet. Hier kam doch die Rechnung", erklärte er.

„Ja aber das ist doch ein Dauerauftrag für das ganze Jahr?", erläuterte ich ihm.

„Ach so, ja, das habe ich vergessen", sagte er.

Ja, toll, vergessen? Muss ich jetzt alles noch einmal durchschauen? Beziehungsweise, jetzt darf ich nach meinen Unterlagen suchen! Ahhhh!!

Ein Organisationstalent ist mein Kollege nicht. Gewiss nicht.

Und ob das auf die Dauer gut gehen wird?

Kapitel 31

„Ich habe eine Gehaltserhöhung erhalten!", jubelte Herr Fritsch und kam mit einem Schrieb in der Hand in unser Büro.

„Super, toll, freut mich", sagte ich.

Nein, es freut mich nicht. Er verdient sowieso schon mehr als ich, und jetzt bekommt er noch mehr? Was ist mit mir? Ich frage mich, ob Herr Spörrle Männer einfach mehr mag, als Frauen? Oder warum bevorzugt er die ganzen Herren? Ich war echt baff, und ganz und gar nicht in der Stimmung für einen Smalltalk oder ähnliches.

Als alle zur Mittagspause gingen, schloss ich die Türe zu, und rief meine Schwester an.

„Hey, Mara, ungewöhnlich, dass du mich um die Uhrzeit anrufst!", sagte sie.

„Ja, ich weiß, aber irgendwie musste ich mit jemanden reden", murmelte ich.

„Ach komm, was ist denn los?", sagte Fiona aufmunternd.

„Weißt, ich kapier des nicht. Ich reiß mir hier so den Arsch auf, tu und mach, was ich nur kann, und da kriegt mein chaotischer Kollege eine Gehaltserhöhung und ich nicht!", sagte ich, und hätte am liebsten angefangen zu heulen.

„Ach Schwesterherz, nimm dir das doch nicht so zu Herzen! Hast du jetzt schon nach anderen Möglichkeiten geschaut?", fragte sie.

„Wir haben Mitte Januar, also bitte, da wird es nicht viel auf dem Markt geben! Und vor allem, wer will eine junge Mutter? Niemand! Was kann ich denen schon bieten? Habe nicht studiert, nichts", brüllte ich.

„Hey, mach mal halblang! Wie redest du denn von dir? Wo ist die selbstbewusste Mara, die mir früher den Po versohlt hat, wenn ich Blödsinn gemacht habe? Oder die Mara, die mich immer ermutigt hatte, weiter zu lernen, auch wenn ich keine Lust hatte?", sagte meine Schwester. „Ja, ich weiß. Aber das hier macht keinen Spaß mehr, ehrlich. Und du glaubst doch wohl selber nicht, dass ich so schnell etwas Neues finde? Vor allem etwas, das hier in der Nähe ist. Und so schlecht verdiene ich ja auch wieder nicht", sagte ich.

„Du kannst es doch wenigstens probieren! Und schau, dann hättest vielleicht auch wieder mehr Freizeit oder wärst nicht so gestresst!", sagt Fiona.

„Ich weiß nicht. Na ja. Ich muss aufhören, wir können ja später noch einmal telefonieren", und ich legte auf. Toll, wirklich gebracht hat dieses Gespräch auch nicht. Verstehen tut mich keiner. Ich kann doch nicht schon wieder den Job wechseln? Mindestens ein Jahr wollte ich hierbleiben, mindestens. Und ja, so schlimm ist es doch auch wieder nicht. Ich meine, die Kollegen sind zum Teil nett, und durch meine Gleitzeit kann ich kommen und gehen wann ich will. Das ist ja auch nicht selbstverständlich. Ach Mensch, ich weiß auch nicht...

„Alles okay?", fragte Herr Fritsch, als er ins Büro kam.

„Ja, klar", sagte ich ihm.

Was soll ich ihm auch sagen? *Hey, ich bin neidisch, dass sie mehr Geld kriegen und ich nicht?*

Der Tag zog sich so lang. Aber um 15 Uhr entschloss ich, zu gehen.

Meine Rechnungsbearbeitung machte ich fertig, alles war abgelegt, und ich hatte wirklich keine große Lust mehr, noch weiter im Büro zu sitzen.

Aber gleich nach Hause wollte ich auch nicht, also entschloss ich, mit dem Bus in die Stadt zu fahren.

Mensch, wie lange war ich nicht mehr einkaufen! Ich kann mich gar nicht erinnern, wann ich mir neue Schuhe, oder ein tolles Outfit gekauft habe.

Also schlenderte ich durch die verschiedenen Läden, probierte ein paar Schuhe an, und entschied mich, meine Fingernägel machen zu lassen. Mir einfach mal etwas Gutes tun, ja, dass musste heute sein.

Kaum war mein Beauty-Programm fertig, fiel mir auf, wie spät es war! Scheiße, 17 Uhr!

Ich tippte schnell eine Nachricht und sagte Sigi, ich würde Louisa abholen.

„Mensch, das habe ich ja total vergessen!", sagte ich mir selbst.

An der Schule angekommen, fuhr Louisa mit ihrem Roller im Schulhof umher. Der Schulranzen lag in der Ecke.

„Hey, Louisa, warum liegt denn dein Schulranzen hier so in der Ecke?", fragte ich sie.

„Ach, den habe ich da vorher hin", sagte sie.

„Und wie war dein Tag? Wie war die Schule?", fragte ich.

„Doof", schmollte sie.

Wäre es nicht zu schön gewesen, wenn sie „gut", gesagt hätte, und mich damit aufgemuntert hätte?

„Was ist denn passiert?", fragte ich.

„Der Tobi hat mich geschupst! Und dann bin ich die Treppe runtergefallen. Jetzt tut mir meine Hand weh!", schimpfte sie.

„Oh je, zeig mal her!", und ich schaute mir die aufgeschürfte Hand an.

„So ein Blödmann, hast ihn wenigstens zur Sau gemacht?", fragte ich.

„Was? Nein!", sagte sie.

„Warum nicht?", wollte ich wissen.

„Mama, der geht in die vierte Klasse!", sie schaute mich ernst an.

„Dann ist er zwei Jahre älter, oder?", hinterfragte ich weiter.

„Weiß nicht, vielleicht", und sie schnappte sich ihren Schulranzen.

„Und was willst du heute essen?", sagte ich.

„Weiß nicht. Mama, was hast du mit deinen Fingernägeln gemacht?", sie schaute neugierig auf meine neue Farbe.

„Gefällt es dir? Ich war heute im Nagelstudio!", sagte ich fröhlich.

„Ohne mich?", und Louisa wirkte wieder mürrisch.

„Das nächste Mal gehen wir zusammen, versprochen. Mama hat einfach ein bisschen Zeit für sich gebraucht, ja?", erklärte ich ihr.

„Na toll, immer machst du alles alleine. Und was ist mit mir? Ich will auch rote Fingernägel haben!", und sie lief zur Haustür.

Oh je, das wird echt noch schwierig mit der Kleinen, das sehe ich schon kommen. Irgendwie sind die sowieso viel weiter, wie früher. Bin ja mal gespannt, wann dann die Pubertät bei ihr anfängt. Geschweige denn, wann sie ihren ersten Freund nach Hause bringt? Oh Gott, daran will ich noch gar nicht denken, mein liebes kleines Mädchen…

Nach dem Essen spielte Louisa in ihrem Zimmer, alleine. Sehr ungewöhnlich. Der Streit mit diesem Tobi machte ihr wirklich zu schaffen.

Sigi saß vor dem Fernseher, Fußball. Als ob das alles ist! Ich schnappte mir ein Buch. Diese Ruhe musste ich einfach ausnutzen. Aber ich konnte mich nicht konzentrieren. Ich las ein paar Zeilen, dann schaute ich auf den Fernseher, dann musste ich über so viele Dinge nachdenken. Vielleicht hatte Fiona Recht? Sollte ich mich einfach mal bewerben?

Das Buch legte ich zur Seite und schnappte mir Sigis Laptop.

„Wie ist das Passwort noch mal?", fragte ich.

„Karlsruhe 1234", sagte er.

„Danke", sagte ich und öffnete meinen Lebenslauf.

So, und nun erst einmal die jetzige Firma hinzufügen. Juni bis jetzt, kaufmännische Sachbearbeiterin. Oder lieber Einkäuferin? Nein, belassen wir es bei Sachbearbeiterin. Okay, und jetzt mal schauen, was der Arbeitsmarkt an freien Stellen ausspuckt.

Oh je, nicht wirklich viel.

Hmmm… hier: Junior Einkäuferin bei einer Textilfirma. Aber über einen Dienstleister? Nein, danke.

Und das hier? Ne, auch nicht, das ist ja nur vormittags. Ach man, hab ich's doch gewusst, es ist gerade einfach eine schlechte Zeit.

„Was machst du denn da?", fragte Sigi.

„Ich?", ich schaute auf.

„Ja, was machst du denn da an meinem PC?", wollte er erneut wissen.

„Ach, nur so, wollte etwas im Internet schauen", antwortete ich ihm. „Und du? Halbzeit?"

„Ja, erst einmal Pause. Aber Karlsruhe führt", jubelte er.

„Ob das hilft", grinste ich.

Ich packte den Computer weg, und kuschelte mich an ihn. Gedankenlos, und gemütlich, einfach nichts machen und nichts denken – so klang der Abend aus.

Kapitel 32

„Frau Kaiser, kommen Sie mal bitte in mein Büro!", rief Herr Spörrle.

„Ja, natürlich", antwortete ich und ging hinein.

„Frau Winter ist die nächsten zwei Wochen im Urlaub, ich möchte, dass Sie die Vertretung übernehmen", erklärt er, und schaut mir dabei nicht einmal in die Augen.

„Ich?", frage ich.

„Ja", antwortet er.

„Okay", sage ich und tappe aus seinem Büro.

Ich setzte mich an meinen Schreibtisch und bin erst einmal baff. Warum denn bitte ich? Was habe ich denn damit zu tun? Kann das nicht jemand machen, der schon länger im Unternehmen ist? Oder bereits Erfahrung mit dem Sekretariat hat?

„Na, alles klar?", stupst mich Herr Fritsch an.

„Ja, geht so, ich soll die Urlaubsvertretung von Frau Winter übernehmen", sage ich ihm.

„Ja aber das ist doch toll!", grinst mein Kollege.

„Toll? Was ist daran toll? Dann sitze ich mit unserem Lieblingschef satte zwei Wochen in einem Büro!", antworte ich ihm.

„Na ja, so wild wird es nicht, glauben Sie mir!", und Herr Fritsch macht sich an die Arbeit.

Da das Budgetproblem immer noch nicht aus der Welt geschafft ist, sind wir immer noch damit beschäftigt, diverse Bestellungen umzubuchen.

Was dies letztendlich bringen soll, weiß ich auch nicht. Man schiebt ja nur zahlen hin und her. Belastet ist unser Konto doch eh schon damit!

„Frau Kaiser, ich möchte, dass Sie die Tabelle noch einmal aktualisieren, und mir eine neue Übersicht geben", ruft mir Herr Hahn zu.

„Mache ich", sage ich.

Budget hier, Budget da. Ich kann es bald nicht mehr hören! Das ist doch jetzt bestimmt schon seit zwei Monaten das Thema!

„Wie weit sind Sie?", fragt mich Herr Fritsch nach einer Weile.

„Bin eigentlich mit meinem Teil fast fertig, dann habe ich das hier umgebucht. Wie weit sind Sie im SAP?", möchte ich wissen.

„Habe hier noch einiges zu tun. Mir ist aufgefallen, dass bei vielen Aufträgen die Kostenstelle nicht stimmt. Und danach muss ich noch die auflisten, die ich selber nicht mehr ändern konnte", antwortet er.

„Okay", sage ich.

Trockenes Geschäft. Vor mir eine Liste mit einer Bestellung, nach der anderen. Alles, aus diesem Jahr. Und hintendran die neue Zuordnung, die Herr Hahn aufgeschrieben hat.

Na ja, bleiben halt die anderen Dinge wie Bedarfsanforderungen oder Bestellungen liegen... „Ah, endlich fertig", murmele ich fröhlich.

„Schon? Bei mir sind es noch zwei Seiten!", schimpft Herr Fritsch.

„Eigentlich wäre das die perfekte Aufgabe für einen Praktikanten oder Studenten", sage ich.

„Stimmt, aber wir bekommen hier in der Abteilung ja keinen!", kontert Herr Fritsch.

„Tja, und die lieben Azubis sind auch nie bei uns, nur im Vertrieb", sage ich.

„Was soll's, so ist es halt. Und was machen Sie heute noch schönes?", fragt mein Kollege.

„Ach, ich wollte mich mit Inge treffen, ich weiß nicht, ob Sie sie kennen", sage ich.

„Inge? Vom Empfang?" Herr Fritsch schaut mich komisch an.

„Ja genau", sage ich.

„Wie kommen Sie auf Frau Gebber?", fragt er nun stutzig.

„Ach ich weiß nicht, ich habe Sie ein paar Mal an der Bushaltestelle getroffen, und heute Morgen meinte Sie, ob wir nicht zusammen mit den Kindern in die Schlössle Galerie sollten", gebe ich als Antwort.

„Ah, okay", sagt er nur kurz.

Und so war es auch, punkt 16:45 Uhr ging ich aus dem Büro, meine Liste war ja abgearbeitet und mehr hatte ich nicht wirklich zu tun.

Ich holte Louisa ab und erzählte ihr von den heutigen Plänen, sie war natürlich begeistert!

Leider muss ich ja sagen, dass die Kleine total nach ihrer Tante Fiona geht! Achtet sehr auf ihr Äußeres, geht gerne

Shoppen und ist langsam eine richtige Diva – und das mit fast neun Jahren! Ich frage mich, wie es wohl später noch wird?

Um 18 Uhr standen wir gemeinsam vor dem Haupteingang der Schlössle Galerie.

„Mama, wann kommen die?", fragte Louisa.

„Jetzt sei doch nicht so ungeduldig, es ist gerade mal kurz vor 18 Uhr, die haben noch ein paar Minuten!", sagte ich.

„Mama, ich will jetzt aber, dass die kommen, mir ist langweilig!", schimpfte sie.

„Du, wenn du nicht aufhörst, gehen wir sofort wieder nach Hause, ja?!", mahnte ich sie an.

Just in dem Augenblick kamen Inge und ihr fünfjähriger Sohn Benjamin.

Wir begrüßten uns herzlich, wobei die Kinder sich erst einmal kritisch betrachteten.

Louisa stupste mich und flüsterte mir ins Ohr, „Mama, der ist ja noch so klein!"

„Schatz, der ist ja auch erst fünf!", sagte ich lachend.

Sie schaute mich nur böse an. Passte ihr wohl jetzt nicht so ganz, aber was soll's, die werden sich schon verstehen. Wir liefen durch die Läden, und die Kinder rannten immer vorne drein. Es war schön, mal mit jemand ausgiebig zu reden. Nicht nur über die Arbeit, auch so, über privates, die Kinder, alles.

„Ich muss noch etwas für Samstag kaufen", sagte Inge.

„Oh, wo geht es denn hin?", fragte ich neugierig.

„Meine Eltern feiern ihren fünfzigjährigen Hochzeitstag!", antwortete sie.

„Toll, finde ich klasse. Ich hoffe, dass unsere Ehen auch so lange halten", kicherte ich.

„Sollen wir hier einmal reinschauen? Ich möchte noch ein schickes Oberteil!", sagte sie und wir gingen in den Laden rein.

„Was schwärmt dir denn vor?", sagte ich.

„Ach, das ist egal, Hauptsache bunt!", lachte Inge. Das ist eine Frau, das kann ich euch sagen. Ein Jahr älter als ich, aber etwas korpulenter. Aber hey, es macht ihr nichts aus. Sie ist immer top-gestylt und super trendig angezogen. Ich müsste mir eigentlich eine Scheibe davon abschneide, wirklich.

Während Inge sich einige Teile aussuchte und diese anprobieren ging, rannte ich den zwei Rabauken hinterher.

„Also das nächste Mal gehen wir ohne euch!", sagte ich.

„Mama, warum?!", schaute Louisa, „Es macht doch Spaß!"

Ja, Spaß, für die zwei vielleicht, aber nicht für mich oder die anderen, die eigentlich in Ruhe einkaufen gehen möchten.

„Hab dich!", rief Benjamin, als er Louisa einfing.

„Hahahaha, komm, wir machen gleich noch eine Runde, versteck dich!", forderte sie ihn heraus.

„Schluss jetzt, bitte. Wir gehen gleich weiter. Jetzt stellt euch mal fünf Minuten ruhig hier hin, bis Inge fertig ist. Verstanden?!", sagte ich im strengen Ton.

Inge kaufte sich ein schönes schwarzes Oberteil und wir gingen Richtung Ausgang.

„Oh mein Gott, es ist schon 21 Uhr?", schaute ich auf die Uhr.

„So spät? Da haben wir ja richtig die Zeit vergessen", lachte Inge.

„Jetzt aber schnell mit dem Bus nach Hause, ja?", sagte ich zu Louisa und schnappte ihre Hand.

Zu Hause angekommen war Sigi auf dem Sofa eingeschlafen. Er musste wohl einen stressigen Tag hinter sich gehabt haben.

Ich machte noch alles in der Küche sauber, legte die Kleine ins Bett, und ging selbst schlafen. Es dauerte keine fünf Sekunden bis ich total weggedöst war.

Kapitel 33

Kanne Tee ist fertig, Kalendereintrag für heute ausgedruckt, habe ich was vergessen? Nein, ich glaube, das ist alles.

So, es war so weit, zwei Wochen als Sekretärin. Ob das gut geht?

Da ich immer relativ früh da war, machte ich noch einige Sachen, für den Einkauf. Warum auch nicht.

Gegen neun Uhr trudelte Herr Spörrle in sein Büro.

„Guten Morgen", begrüßte ich ihn.

„Guten Morgen, danke für den Tee", sagte er.

„Gerne!", sagte ich.

„Rufen Sie mal bitte Herrn Tanker an!", rief er aus seinem Büro.

„Mache ich", sagte ich und wählte die Nummer.

Na toll. Die Mailbox. Dann versuch ich es gleich noch mal.

„Haben Sie ihn erreicht?", hinterfragt er gleich.

„Nein, da war grad nur die Mailbox, versuche es aber später noch einmal!", antworte ich ihm.

„Okay, dann fragen Sie mal bitte bei MM-Lyrc nach, wie deren Verrechnungssatz ist, okay?", bittet mich Herr Spörrle.

„Mache ich!", sage ich kurz und bündig.

MM-Lyrc – wo finde ich denn hier einen Ansprechpartner? Ach da, okay.

Zehn Minuten später kommen meine Kollegen in das Büro, unser Meeting beginnt.

Immerhin muss ich heute das Protokoll nicht schreiben. Aber dieses Mal sitzt Herr Hahn neben mir, und Herr Spörrle ist genau in meinem Blickfeld. Interessant, ihn und seine Blicke zu beobachten. Wirklich.

Kaum bin ich wieder an meinem Schreibtisch, klingelt das Telefon.

„Pheno-Me-Nall, Kaiser, wie kann ich Ihnen helfen?", sage ich.

„Ja guten Tag, hier ist Frau Wegner von Reymos. Ich habe letzte Woche mit Frau Winter gesprochen und wollte nun mit Herrn Spörrle reden", sagt die Dame.

„Darf ich fragen, um was es geht?", sage ich und notiere nebenbei die Rufnummer.

„Es geht um die Physische Archivierung ihrer Daten. Ich habe Frau Winter hierzu per Email Informationen zukommen lassen und sie meinte, es wäre ein aktuelles Thema in ihrer Abteilung", erklärt sie.

„Einen kleinen Augenblick, ich frage mal kurz nach", sage ich und schalte den Hörer auf stumm.

„Herr Spörrle, ich habe einen Frau Wegner am Apparat, es gehe um physische Archivierung", sage ich ihm.

„Interessiert mich nicht. Brauchen wir nicht", sagt er und tippt etwas in den PC ein.

„Hören Sie", sage ich am Telefon zu der Dame, „können Sie sich bitte in zwei Wochen noch einmal melden, wenn Frau Winter zurück ist? Sie hat Herrn Spörrle noch nicht über den Sachverhalt aufgeklärt."

„Ja natürlich, vielen Dank. Einen schönen Tag noch", und das Gespräch ist beendet.

Kaum fange ich an, eine E-Mail an MM-Lyrc abzutippen, werde ich wieder durch einen Anrufer gestört.

„Kaiser, hallo?", sage ich.

„Vollmer, hallo, ich wollte eigentlich Frau Winter sprechen", sagt er.

„Sie ist im Urlaub, kann ich Ihnen weiterhelfen?", frage ich höflich.

„Nein, danke, dann schreibe ich ihr eine E-Mail", und er legt prompt auf. Gut, dann halt nicht!

Frau Winter hinterließ mir ebenso eine Mappe mit einigen offenen Themen. Uff… das ist schon einiges. Aber ich habe ja zwei Wochen Zeit, dies abzuarbeiten.

Was haben wir denn hier: >> *Können Sie bitte klären, ob wir einen Back-up Drucker für die Produktion haben?* <<

Toll, und woher soll ich das wissen? Na ja, muss ich mich wohl erst einmal durchfragen.

Ah, und hier soll ein Auftrag storniert werden, gut, das ist ja einfach, das kann ich gleichmachen!

Na ja, so schlimm ist es nicht, wirklich nicht. Und wäre ja ein Witz, wenn ich das nicht gebacken bekomme! Der Tag ging super schnell rum, und um 16 Uhr ging ich in Herr Spörrle' s Büro.

„Benötigen Sie noch etwas?", fragte ich.

„Nein, vielen Dank. Sie waren heute ja schon so früh da, Sie können gerne nach Hause gehen!", sagte er mir.

Habe ich mich gerade verhört? Wie bitte? Seit wann ist er so nett? Und sonst würde er mir sagen, ob ich einen halben Tag Urlaub genommen habe, wenn ich um diese Uhrzeit gehen möchte?

„Ähm, okay, gut, vielen Dank!", sagte ich und packte meine Tasche.

Ich war wirklich total verwundert.

Ich ging noch rüber in mein eigentliches Büro und verabschiedete mich von Herrn Fritsch. Dieser war auch total überrascht, dass mich Herr Spörrle um diese Uhrzeit gehen ließ.

„Hallo Schatz", ich rief Sigi von der Bushaltestelle an.

„Hallo, bist du schon zu Hause?", fragte er.

„Nein, aber gerade auf dem Weg", sagte ich.

„So früh? Das ist ja ein Wunder!", lachte er.

„Ja ich weiß, mich wundert es auch. Irgendwie war Herr Spörrle heute total nett. Ich weiß auch nicht, was dahintersteckt", sagte ich.

„Wirst du gleich Louisa abholen?", fragte er.

„Ja, klar, kann ich machen", sagte ich und legte auf, da der Bus angefahren kam.

An der Schule angekommen, rannte mir Louisa auch schon gleich in die Arme.

„Mami, Mami!", sagte sie. „Du bist ja schon da!" „Ja, heute ein kleines bisschen früher als sonst! Sollen wir nachher zusammen Valentinskarten basteln?", fragte ich. „Oh ja, bitte! Aber ich will für all meine Freunde eine Karte machen!", sagte sie.

„Klar doch, das machen wir!", und wir spazierten nach Hause.

Zu Hause angekommen fütterten wir erst einmal den Hasen, und suchten dann buntes Papier.

„Und für wen machst du jetzt die Karten?", wollte ich wissen.

„Eine für Mario, eine für Toni und dann noch Lisa und Miri!", antwortete sie.

„Und Benjamin?", fragte ich.

„Ach der ist doch viel zu klein!", sagte sie.

„Na gut, wie du willst, dann mach mal deine vier Karten, und ich mach eine für Papa!", sagte ich.

Wir fingen an, bunte Herzen auszuschneiden, und beklebten die Karten so, dass jede anders aussah.

„Und was schreib ich hier jetzt rein?" Louisa nahm einen Silberstift in die Hand.

„Hmm… na was willst du deinen Freunden denn sagen? Ansonsten schreib doch einfach *Alles Gute zum Valentinstag*", sagte ich.

„Okay! Und wann sollen die dann morgen alle zu uns kommen?", wollte sie wissen.

„Ich weiß nicht, wann ich morgen nach Hause gehen darf, aber 17 Uhr klappt auf jeden Fall. Dann können wir heute noch einen tollen Herzkuchen backen, ja?", schlug ich vor.

„Oh toll Mama, das wird echt super!", lachte Louisa fröhlich.

So etwas gab es zwar noch nie, sich an einem Valentinstag zu treffen, und Karten auszutauschen, aber warum nicht.

Kann man ja ab sofort einführen. Ein Valentinstags Kaffee-Klatsch!

„Schau mal, meinst du, die wird Papa gefallen?", fragte ich.

„Ja Mami, die Karte ist so schön!", sagte Louisa und zeigte mir ihre vier fertigen Karten.

Die Zeit verging echt schnell, doch, und es klingelte an der Türe.

„Oh, das wird Papa sein, schnell, räumen wir alles weg!", sagte ich.

Während Louisa zur Haustür rannte, packte ich die Karten weg.

„Na ihr zwei, was habt ihr denn schönes gemacht?", fragte Sigi und kam rüber, um mir einen Kuss zu geben.

„Ach du, nichts, nur ein bisschen gemalt und gespielt", sagte ich.

„Toll, hast du mir auch etwas Schönes gemalt?", fragte er die Kleine.

„Zeig ich dir morgen Papa, jetzt will ich erst einmal mit Puppi spielen!", und sie ging in ihr Zimmer.

„Und, wie war dein Tag als Sekretärin, in der Höhle des Schreckens?", fragte Sigi.

„Du, eigentlich war es gar nicht so schlimm", erzählte ich.

„Ist er jetzt besser zu dir?", fragte er.

„Irgendwie war er heute so nett, richtig ungewohnt", erklärte ich ihm.

„Und von dem Aufgabengebiet her? Macht es dir Spaß?", wollte er wissen.

„Ja doch. Es ist halt so, dass er sein Telefon auf mich umgestellt hat. Daher nehme ich alle Anrufe entgegen, notiere alles, und rufe für ihn auch die Leute an. Dann plane ich seine Termine und kümmere mich noch um Kleinigkeiten", erläuterte ich ihm.

„Hört sich zumindest nicht so stressig wie bei dir in der Einkaufsabteilung an!", sagte Sigi.

„Ja, das stimmt. Da muss ich dir Recht geben. Wobei mir Herr Fritsch heute schon etwas leid tat. Ich meine, ich kam gar nicht dazu, im Laufe des Tages Bestellungen oder ähnliches zu schreiben", sagte ich. „Der kommt schon klar", grinste mein Mann.

Ja ja, ich weiß schon, warum er das sagte. Weil ich meistens die bin, die alles macht.

Wir kochten zusammen, aßen, und schon war der Montag rum.

Kapitel 34

„Können Sie bitte alle die, die ich auf der Liste habe, per Email anschreiben?", sagte Herr Spörrle und legte mir etwas auf den Tisch.

„Ja natürlich", sagte ich.

„Und geben Sie den Kollegen eine Deadline, bis nächste Woche Mittwoch benötige ich die Daten!", sagte er.

„Wird gemacht", antwortete ich.

Also machte ich mich daran, jedem einzelnen ein Email mit der Bitte um Erledigung zukommen zu lassen. Die ersten antworteten schon gleich, und bei manchen kam eine Abwesenheitsnotiz zurück.

Ich dachte, es wären vielleicht zwanzig Mitarbeiter oder so, aber nein. Nach zwei Stunden war ich noch kein Ende in Sicht.

Ich tippte schnell eine SMS in mein Handy, um Sigi zu informieren, dass ich es nicht schaffen würde, Louisa abzuholen.

Um 17:40 Uhr ging ich in das Büro von Herrn Spörrle, strahlte, und sagte: „So, ich bin jetzt fertig!" „Wie? Haben Sie alle angeschrieben?", fragte er.

„Ja, ich bin mit der Liste durch", sagte ich stolz.

„So schnell, super. Haben sich schon manche zurückgemeldet?", fragte er gleich hinterher.

„Ja, ich glaube, ich habe so 21 neue Emails!", sagte ich.

„Sie sind ja morgen früher da als ich, dann können Sie die Emails abarbeiten und in der Liste das eine oder andere kommentieren", antwortete er mir daraufhin.

„Gut, alles klar, dann mache ich das morgen!", und ich schaltete den PC aus, um zum Bus zu laufen.

Erstaunlicherweise ist es gar nicht so schlimm, direkt bei ihm zu sitzen. Hat er vielleicht doch eine gute Seite? Aber, wie lange hält dieses *Nette*?

Am nächsten Tag stellte ich meinen Wecker auf fünf Uhr, um wirklich früh im Büro sein zu können.

Die Antworten mancher Mitarbeiter waren wirklich lustig. Es ging einfach nur darum, dass mir jeder seine Personalnummer beziehungsweise Ausweisnummer zukommen ließ. Herr Spörrle wollte dies alles in einer Datei zusammenfassen, so, dass wir eine Datenbank hierzu hatten.

Wofür er das als Einkaufsleiter braucht, keine Ahnung. Aber ich mache einfach das, was mir aufgeheißen wird. Als Herr Spörrle in sein Büro kam, war er mal wieder gut gelaunt. „Guten Morgen!"

„Guten Morgen, heute trinken Sie *Landlust* – Minze und Hollunder!", sagte ich ihm.

„Oh, lecker!", grinste er.

Herr Hahn kam kurze Zeit daraufhin in das Büro und meinte, „Na da hat Frau Winter ja eine gute Übergabe gemacht, wenn du von Frau Kaiser auch einen Tee bekommst!"

Herr Spörrle schaute ihn an, und sagte nichts. Das fand ich gut!

Im Meeting war das Budget wieder Thema. Die Zahlen des Projektes waren wohl immer noch zu hoch. Aber irgendwie interessierte mich das gar nicht mehr. Seit einer Woche sitze ich hier im Büro, mit einem anderen Aufgabenbereich, und ich fühle mich viel besser. Der innere Druck, oder dieser Stress ist weg. Wirklich.

„Hat sonst noch jemand neue Punkte?", fragte Herr Spörrle in die Runde.

Alle verneinten diese Frage.

„Sie Herr Fritsch?", er schaute auf ihn.

Ein Kopfschütteln.

„Und was ist mit Ihnen?", er zeigte auf den Nächsten. Auch hier nur ein Kopfschütteln. Alle waren so ruhig heute.

„Ich habe noch etwas", sagte Herr Hahn.

„Ja dich habe ich erst gar nicht gefragt, weil du ja immer Punkte hast!", sagte er lachend.

Herr Hahn wurde ganz rot, und sagte dann, „Ich habe mit dem Produktionsleiter gesprochen, die Serie *Optimized Motion* soll eventuell eingestellt werden."

Keiner kommentierte es. Keine Reaktionen-.

„Okay", fuhr Herr Hahn fort, „Für die neuen Teile im Bereich des Installationssytems CPI benötigen wir noch Angebote."

„Ja, Herr Hahn, übernehmen Sie das doch selbst. Herr Fritsch hat gerade sowieso mehr zu tun, weil Frau Kaiser bei mir sitzt", sagte er.

Wow, ich war baff. Toller Schachzug!! Ich habe noch nie erlebt, dass Herr Hahn wirklich etwas selbst macht. Er schiebt ja immer alles auf uns, wirklich alles! Egal, ob es um Verträge geht, oder jemanden anrufen, alles!

„Wie? Ich dachte, aber ...", stotterte er.

„Nein, nichts da, schau heute, dass du Angebot reinholst, und präsentiere mir diese bis 15 Uhr!", sagte Herr Spörrle sehr bestimmt. „Sonst noch etwas? Wenn nicht, dann raus aus meinem Büro!"

Wir gingen alle raus, und Herr Fritsch und ich grinsten uns nur an.

Was war das denn für ein Meeting heute? Sensationell!

Einige Minuten später stand Herr Spörrle neben mir, „Frau Kaiser, ich glaube, dieser Job steht Ihnen besser." Ich schaute ihn an, „Ehrlich? Vielen Dank, es macht mir auch sehr viel Spaß!"

„Ich glaube, Frau Besel geht bald in den Ruhestand, vielleicht könnten Sie das Sekretariat des Vorstands übernehmen?", schlug er vor.

„Ich? Was? Oh nein, ich glaube, dazu bin ich noch nicht bereit!", sagte ich.

„Aber Frau Kaiser, bitte, Sie sind doch mein Rohdiamant!", grinste er und ging aus dem Büro.

Was war das für eine Wende. Ich war bereit, mich wo anders zu bewerben, und hier weg zu gehen. Und jetzt das? Damit hätte ich nie gerechnet.

Ich rief Frau Rapovic an, um Ihr gleich davon zu erzählen!

„Hallo Frau Rapovic, da ist Frau Kaiser!", sagte ich ganz aufgeregt.

„Huch, was ist denn mit Ihnen los?", lachte sie.

„Sie glauben es nicht, was eben passiert ist!", sagte ich.

„Gab es mal wieder böse Sprüche vom Chef?", neckte sie.

„Nein, im Gegenteil, er fragte mich, ob ich nicht die Stelle von Frau Besel übernehmen möchte!", sagte ich, immer noch total verblüfft.

„Nein, aber Frau Kaiser, das ist ja super!", sagte Frau Rapovic.

„Nun muss ich mir es nur gut überlegen, und mit meinem Mann drüber reden, ob ich es machen soll oder nicht, beziehungsweise, ja, ich weiß auch nicht …", sagte ich.

„Nehmen Sie Ihr Schicksal einfach in die Hand, Sie werden schon das Richtige tun!", und wir verabredeten uns, morgen noch einmal zu telefonieren.

Als ich nach Hause kam, erzählte ich es meinem Mann. „Ja und was machst du jetzt? Du hast doch gestern Abend per Email einen Termin zum Vorstellungsgespräch erhalten?", sagte Sigi.

„Ich weiß es nicht", sagte ich, und las mir noch einmal das Jobangebot in Fiona's Firma durch.

Danksagung

Ein Dank geht natürlich n meinen Mann, an meine Familie und meine Freunde.

Weiterhin danke ich meiner ehemaligen Chefin, Frau Haag.

Dies ist die 2. Auflage – am Text geändert wurde nichts. Auch wenn es kein „literarisches Meisterwerk" ist, so bedeutet mir das Buch viel.